新潮文庫

僕僕先生 零

仁木英之著

新潮社版

10116

僕僕先生　零

目次

僕僕先生　零

序章

　時は唐代玄宗《げんそう》の御世《みよ》。吐蕃《とばん》の大高原を後にして長安へ向かう道は、荒涼として乾いている。天幕の中にいれば暖かいが、外を吹きぬけていく風音は喧々《けんけん》として耳に障《さわ》り、中々寝付くことができない。

　起き出して外に出れば、風は容赦なく吹きつけて思わず身を震わせる。それでも、遠くの山並みの白さまで仄《ほの》かにわかるほどの星灯りの輝きにはため息が出た。

「それほど感動しているのなら、詩の一篇でも吟じればいいのに」

　遠景に心を奪われている彼の背後から声がかかった。

　振り向くと、天幕の前の焚火《たきび》は既に消えている。その傍らに一つの小さな影が座っていた。その影が指を一本立てると、その指先が光を放つ。小さな光がゆったりと飛んで火の消えた木組みの中に潜り込むと、燃え尽きていたはずの炎が再び揺らめきだした。

「キミにも眠れない夜があるんだね」

　そう微笑《ほほえ》むのは、薬師の青年である王弁《おうべん》が共に旅をしている仙人、僕僕《ぼくぼく》先生である。

「そりゃ何度も。悩み多き年頃ですから」

「旅路から多くの仲間がいなくなって寂しくなったかな」

「旅の始まりを思い出します」

「……そうだね」

僕僕はこくりと頷《うなず》いた。

淮南《わいなん》は光州楽安県《こうしゅうらくあんけん》に始まった二人の旅路は万里を越えた。何人もの道づれが現れ、そして去っていった。焚火を囲む人数は少なくても多くても、それが永遠のことではないと今の王弁は理解している。

揺らめく炎に照らされている美しい少女の声は、高原の風が時折吹きぬけていっても、小さくなることはない。心に届いているからだ、と僕僕は言うし、王弁自身もそう信じている。だが、

「この声もキミが望んでいるから聞こえているだけかもしれない。ボクのこの姿も、もしかしたらキミが一夜の夢で見ている幻かもしれない」

と脅かすことを忘れない。

「じゃあ俺はいい夢は見てるんですね」

「いいかどうか、醒《さ》めるまでわからないよ」

王弁は頷いて僕僕の向かいに座る。

「やるかい？」

炎の中から杯が現れて王弁の手の中に収まった。

「燗《かん》の具合は」

一口含んで、王弁は頷いた。

「絶妙です」

ただ、江南のこくのある米の酒の味とも、都付近の麦を醸《かも》した軽やかなものとも、高原の甘い馬乳酒とも違う。

「果実か何かですか」

「よくわかったね」

「西域の葡萄酒《ぶどうしゅ》に少し似ています。でも少しです」

「キミの舌だけは時に鋭いところを見せるね。確かに西域の酒じゃない。西域よりも遥《はる》かに遠い場所、蓬莱《ほうらい》の酒さ」

と僕僕が炎の向こうで微笑んだ。そうなんだ、と王弁はさらに一口、舌の上で転がす。酸味の向こうに甘みがあり、それを包み込むような厚い味わいがある。

「この風味、何でしょうね」

「時さ」

僕僕は膝《ひざ》を立て、星灯りに浮かぶ峰々の方を見やりながら言った。

「時に味があるんですか？」

「酒もうまく寝かせると、時を吸いこんで美味《うま》くなる」

それは王弁にもわかる。だが、長く熟成させた陳年酒とも、また違う味わいなのだ。

「それはそうさ。蓬莱の時空の中で醸された特別なものなのだから」

「一口飲めば不老長寿となる、という謳《うた》い文句のやつですね」

「そんな虫のいい話があるものか」

「昔の皇帝が西王母《せいおうぼ》さまのもとで飲ませてもらったとか」

「彼は不老長寿を手に入れたか？」

決してそんなことはないのである。だが、寿命が延びそうなほどの芳醇《ほうじゅん》さである。いつまでも飲み下すのが惜しくなってしまう。

「夜は一瞬だ」

僕僕は呟《つぶや》くように言った。

「でもその一瞬も、また時の味わいを増すのに欠かせないものだ。一瞬の積み重ねがなければ、永遠もない」

「先生も無数の一瞬を重ねて今に至るわけですね」

「この弟子はわかった風な口をきく」

王弁はとっさに頭を守ろうとする。生意気を言うとお仕置きの釣竿《つりざお》が飛んでくるのである。

「こんな夜は積み重ねてきた一瞬を振り返ってみるのも面白い」

杯を置いた王弁は居住まいを正した。

「そんなにかしこまらなくていい。ただの昔話だ。蓬萊であったよしなしごとを話そうと思うが、蓬萊で起こる事柄を人の言葉では語り尽くせないことがある。その際には適宜キミに理解できるように変えていくから、実際にボクが見聞していたことと異なる場合がある」

そこまで言って、僕僕はふと微笑んだ。

「昔話がかつてあったことと全《すべ》て符合している必要はないかな。大切なことは、この一瞬のように短く、永遠のように長い夜を愉快に過ごすことだよ」

これまでも、過去の欠片《かけら》をほんの少し披歴してくれることはあった。だが、今宵はどこか、僕僕の様子が違う。

「それにね」

ふと師の表情が真剣なものに変わった。

「物語は時に残酷だ。それでも聞くかい」

「先生の話すことなら」

くく、と僕僕は小さく笑った。

「気楽に聞いていればいいよ。過ぎたことはもう戻らない。そして過ぎたことを話す者が話したいようなことしか、表には出て来ないんだ」

王弁は意図せずに大きく息を吐いて気持ちを落ち着けようとしていた。気楽に聞けるような話ではない予感がしていた。これまでも、僕僕が古《いにしえ》のことを見せる時にはとんでもない何かを目にするのが常だった。

「まずは一献」

僕僕が杯を差し上げ、王弁もそれに習う。

「一杯ごとに一つ、話そうかな」

杯にはいつしか、酒が満たされていた。

第一章

1

天地が今よりもずっと熱く、神々がその主人だった頃のお話。

天地がこの世に存在するより前、全《すべ》ての産み主である「老君」はまず「一」を置いた。

「一」とは何か。陰にして陽、強にして弱、大にして小、広にして狭、熱にして冷……相反し、そして繋《つな》がるもの。詩聖が詠《うた》うことも画聖が描くこともかなわない、全ての始まりの形をいう。

次に老君は三聖を創り上げた。黄帝軒轅《こうていけんえん》、炎帝神農《えんていしんのう》そして西王母に、この「一」を使って新たな天地を育てていくよう命じた。

彼らは「一」を「二」とした。すると陰と陽が分かれた。「二」を「四」とした。すると強と弱が分かれた。そうして増やし、分け、育てていった。

そして黄帝軒轅は天地の秩序を、炎帝神農は天地を栄えさせる存在の創造を、西王母は創造され、秩序を与えられたものを殖やすことを務めとし、老君の命を行っていた。

虚空《こくう》の中に広大な天地がある。天は無限の広さと丸みを帯びて地を囲み、地は天を越えて繋がっている。その中央には天地の名を冠した蓬萊《ほうらい》の山がそびえている。

裾野《すその》もまた果てしなく広く、数千万里ごとに色と表情を変えていく。頂に目をやれば、誰をも寄せ付けぬ険しさをたたえている。その山こそが万物の恵み「気」の源である。

神仙は天地のあちこちにある「気」の噴出孔、気口から流れ出る「気」をもとに、天地と己を熱く鍛え、広げ、育てているのである。

まだ熱さの残る天地の南の端、ひときわ熱を帯びた一画がある。巨石を組んで作った竈《かまど》のようにも見える。赤い巨石を積み上げた壺《つぼ》のような形をしたそれは一見粗い作りだ。だが、岩の隙間《すきま》もなく中に入るには丸く刳《く》り貫《ぬ》かれた門をくぐらねばならない。

門をくぐると、色とりどりの液体が、透き通った瑠璃《るり》の器の中に満たされて並んでいるのが見える。その液体の中には何やら鉱石のようなものが沈んでおり、泡を立てているものや光を発しているものもある。

さらに進んでいくと、奥に大きな空洞があるのが見えてくる。

そこは工房であった。

円形の工房の中心に座っている者は、全身を毛で覆《おお》われて巨大な球のような形をしている。彼こそ天地育ての親にして万物創造の至聖、炎帝神農である。その体毛が八方へ伸びて液体の容器へと触れる。体毛の先端はさらに分かれ、そして形を変えて小皿となって数滴を受け取り、別の皿と共に工房の中央へとゆっくり戻っていく。

混ぜ合わされた二つの液体は、色を変え、そして状態を変える。うねうねと意思を持つかの如《ごと》くうごめいた末に、ポンと軽やかな煙を立てて消えてしまった。小さな宝玉が転がって雑然とした工房の中へ消える。

毛を伸ばしてあたりをまさぐっていたが見つからない。

「おい導尤《どうゆう》はおらんか」

と声をかけるが答えはない。

「どこに行ってしまったのやら。おい鏡よ、導尤はどこに行ったか教えてくれんか」

わさわさと床を探し、一つの鏡を取り出して眺める。黒く光る鏡面には毛玉の影が映り、無数の光が瞬《また》いてまた消えた。

「導尤の力を再現するのは難しいのう」

黒い毛玉はがっかりした様子を見せたが、首を振りつつ次の調合へと移った。扉が開き、影が一つ入って来るがそれは実験を止めなかった。

「炎帝さま」

入って来たのは龍《りゅう》に似た神仙であった。その全身は銀朱の鱗《うろこ》に覆われ、身の丈は一丈ほど。深紅の背中には永遠に燃え盛る劫炎《ごうえん》を背負い、額に飾られた赤の宝玉がその炎に照らされて輝いている。龍は中を覗《のぞ》き込むと、岩屋の入口におかれた石に降り立った。ここの主《あるじ》から返答がない時は、ここに座って待つのが常のことであった。

彼の背負う炎よりもさらに激しい火炎が、工房の中心で渦巻いている。轟々《ごうごう》と燃え盛る炎に面している炎帝は、身の丈は三丈ほどだ。上は細く下は太く、滴《しずく》に似た形をしている。表面は黒く光っているが、それは皮膚というよりも焼き鍛えた鋼《はがね》ともいえる質感であった。

だがその巨大な鋼の滴からは、柔らかそうな細い繊毛が無数に出て、激しい炎の中に差し入れられていた。

炎自体も意思を持って舞っているようにすら見える。事実、その通りだ。あの炎は燧《すい》人《じん》という名を持つ神仙の一人であった。意思を持つ炎のうねりは何度も形を変え、そして崩れた。色も白く青く、そして赤く移っていく。

ぼう、と角笛を鳴らすような音が響いた。炎帝が何かを創《つく》り上げる際に、命を吹き込む音だ。燧人の炎が細くなり、息吹《いぶき》と合わせて一気に吹きつけられる。

「できた」

満足そうな低い声がした。赤い龍は首を上げ、岩屋の中へと入っていく。中は外見からは想像できぬほど広く、果てが見えないほどだ。この岩屋も、炎帝の産み出した物の一つである。

「燭陰《しょくいん》か」

無数の織毛が体の中に収められ、黒い滴のような姿をした炎帝は、若者の方へと向いた。燧人の炎はやがて四肢を地についた三つ首の蜥蜴《とかげ》に似た姿へと変わる。

「導尤を知らんか。実験に使う宝玉を一つなくしてしまってな」

「導尤はもうかなり前に姿を消したではありませんか」

燭陰は呆《あき》れたように鬚《ひげ》を波打たせた。

「探し物をする務めを果たす者が消えるとは」

炎帝はくちびるを曲げてぼやく。

「私に言われましても……。しかし、探し物ならそのような神仙か宝貝をおつくりになればいいではありませんか」

「わしは全く同じ神仙など作らんのだ」

「作れないの間違いではありませんか」

「痛い所を衝《つ》きおる」

「ともかく、お食事をお持ちしましたよ」

燭陰がそう言うと、毛玉の上部に大きな黒い瞳《ひとみ》が現れた。

「待っていたよ」

二本の繊毛を伸ばし、二枚の皿を受け取る。大きな丼《どんぶり》が二つ。黒い飯と白い肉が其々《それぞれ》山盛りにしてあった。それを見て舌舐《したな》めずりをした炎帝は碗《わん》の底に繊毛を巻きつけ、別の二本を箸《はし》のようにしてかき込んだ。

「今日は何をおつくりになられたのですか」

「地と地を繋げる乗り物だよ」

鶉《うずら》の卵に似た紋様が入り、下部には支柱が数本斜めに伸びて立つようになっている。

「天地を広げて巨大な環《わ》のようにしてみたものの、間に限りなき天空を作ってしまったために、反対側に行くのも時間がかかる」

「反対側、というと黄帝さまがお住まいのところですね」

「そう。我が優れた弟へ創ったものを届けるのにも手間がかかって仕方がない。わしが創り、黄帝軒轅が調え、西王母が広める。そうして全てが巡っていく」

炎帝が工房としている岩屋の巨石も、燭陰の足もとに咲く小さな白い花も、全て同じようにして生まれた。炎帝が工房でその原型を創り、黄帝が天地の調和を乱さぬよう調えて世に出すことを決める。その後、西王母が殖える方法を授けて世へと広めていくのだ。

「今回は大丈夫でしょうね」

「あ、なんだその目は」

「先ほど黄帝さまのもとへ運んだ岩の熊《くま》は、動きを披露しようとするなり砕け散りましたよ」

「そうなのか？」

全く堪《こた》えた様子も見せず、炎帝は卵型のそれを庭へと運んだ。

「これで、よしと」

「どういう仕掛けなのです？」

「この中に燧人から借りた火の源が入っている」

「そんな危ないものを……」

燭陰は心配そうな表情を浮かべた。

「無限に燃える炎だが、最近その炎を抑えることで力を増すことを知った」

「抑えることで力を増す……」

「たとえば燭陰よ、お前もあれをするなこれをするなと一々言われたら何とする」

「それは腹が立ちます。我らは己が意の流れるまま、自然のまま過ごすことを第一としておりますから」

うむ、と炎帝は頷《うなず》いた。既に丼は空となっている。

「おかわりはないのかのう」

その時、飯の乗っていた丼がすくっと立ち上がり、六尺ほどの大きな皿に変わった。

「食べすぎはいけませんぞ」

「まこと、過ぎたる食は毒にもなりかねません」

肉の乗っていた皿も立ち上がる。

「おお、我が厨師《ちゅうし》よ」

炎帝は機嫌をとるような優しい声を出した。

「ここ最近の最高傑作よ」

ありがとうございます、と二枚の皿は深く頭を下げる。

「お誉《ほ》めいただいて嬉《うれ》しゅうございますが、炎帝さまの『食』を任された以上厳しいことも申し上げねばなりません」

「わかっておる。楽しむはいいが貪《むさぼ》るな、と申すのであろう」

と悲しげに空の皿を見やり、呆気《あっけ》にとられてやり取りを見つめていた燭陰へと盆を返した。

「このように、不足を思えばまた口にしたいと激しく思う」

「食とは仙丹の一種ですか」

燭陰は盤《ばん》と盆《ぼん》という皿の形をした神仙を見下ろしつつ訊《たず》ねた。

「仙丹の術の代わりに、我らは調理の術を授けていただきました」

皿たちはにこりと笑う。

「それにかわいい娘まで」

縁をきらりと輝かせて皿たちは楽しげである。

神仙は食事をとらなくとも平気である。だが、力の源として食べ物を口にすることがあった。その最たるものが炎帝である。彼は料理を専《もっぱ》らとする神仙を自ら産み出し、日々食事を作らせている。それがこの盤と盆であった。燭陰は彼らを厨房へ戻し、再び工房へと戻ってきた。

「いくら炎帝さまが神仙を産み出す力を与えられているとはいえ、天地の成長と関わりのないものを創り過ぎますと黄帝さまに叱《しか》られますよ」

黄帝と炎帝は共同で万物を創る務めを果たしていたが、その務めを支える神仙は互いの承諾を得ることなく産み出すことを認め合っていた。

もちろん、燭陰もそういった神仙の一人である。

「わしが何かを創る力の源として、その腹を満たしておるのだから関わりないわけではあるまい」

黒く大きな滴が不満げに膨らんだ。

「お山の気だけでは不足なのですか？」

「あれは皆のものだからな。神仙を産み出す力としてはもちろん使うが、わし自体が浪費するのは気が引ける。ともかく、だ。これが使えるかどうか確かめてみねばならん」

細い腕を出すと、卵の中央あたりに一枚の符を貼《は》り付け、毛先でそっと触れた。小さな窓が開き、そこから冷静な口調ながら延々と続く説教が漏れ聞こえている。燭陰が覗き込んで見ると、黄帝軒轅が臣下を叱り飛ばしている姿が見えた。

「こっそりあちらの様子を見聞きしていたのですか？」

呆れる燭陰の肩越しに、炎帝はもう一本纖毛を伸ばした。何かを捕まえて燭陰に手渡す。岩屋の外に群生している白い花のうちの一本である。

「花弁を覗いてごらん」

そう言われて見てみると、向こうにも目玉が見えた。はっとなった向こうの目玉が退くと、そこに美しい金の熊がいた。さすがにきまり悪げな表情を浮かべている。

「あっちが見ているのだからこっちが聞いてもよかろう？　軒轅のやつ、わしが覗いているのに気付くと先ほどのような嘘《うそ》の絵を見せおる」

お互い趣味が悪いです、と言いかけたところで地響きがした。

「お、そろそろ飛ぶかな」

大瀑布《ばくふ》のような音を伴って、卵は下部から炎の柱を噴き出した。

「ふむ。怒っておる、怒っておる」

「怒らせたのですか」

「そんな渋い顔をするな。もちろん、炎の源である燧人には許しを得ているぞ」

どんどこと奇妙な節と共に炎を噴き出した巨大な卵は、つんのめりながら空へと登っていく。

「大丈夫なんですか……」

「まあ見とれ」

炎帝の言葉を合図に、炎が一気に強まった。風を震わせて卵は視界から消える。千里を見通す狩人《かりうど》の目でも、もう捉《とら》えられない。だが、一度消えた轟音が再び響き始めた。

「ほいしまった」

燭陰が驚いて炎帝を見ると、丸い体を転がすようにして逃げている。

「あ、ちょっと炎帝さま……」

言いかける前に頭上にすさまじい圧力がかかる。燭陰は長いかぎ爪《づめ》を伸ばし、真一文字に空を切った。その切れ目の中に卵は吸い込まれ、遠くで何かが爆発する音が轟《とどろ》いた。

2

切った空は中々元に戻らない。しかも中からもくもくと煙が噴き出している。

「ほれ、お小言の種を見つけたうるさいのが来るぞ」

炎帝は愉快そうに言った。

「冗談ではすまないですよ……」

「そんな怖い顔は軒轅の奴《やつ》だけで十分だ」

切れた空は徐々に広がっていく。やがて黄金色の光に満ちたその裂け目から太い足が出てきた。

「誰が怖い顔だ。まったくだらんいたずらをしおって」

鬚の後に金の大熊が顔を出し、工房を埋め尽くすほどの長大な体を折り曲げると、四肢を持つ人の形へと変じた。

「その姿、気に入っているな」

炎帝は無数に伸ばしていた体毛を縮め、丸い毛玉姿に戻った。

「軒轅、お前が丹精込めて作り上げた人の姿にどうしてお前もなっているのだ」

「不愉快か？」

「構わないさ。それも私たちに与えられた権限だ」

蓬萊に住む神仙の姿は様々である。老君が作り上げた天地の親、炎帝神農と黄帝軒轅、そして西王母にはそれぞれ役割が与えられている。炎帝が創造し、西王母が広め、黄帝が秩序を与える。

だが、それぞれが手足として使役する神仙は、自由に作ってよいことになっている。天地を作り上げるのに資する、特異な力を与えられた神仙が多く産み出された。

「神農の産む神仙はどうにも天地の気を無駄に喰らいすぎる」

黄帝は渋い顔をして言った。

「無駄に喰らう、とはどういうことかな」

炎帝は解《げ》せぬ、と首を傾《かし》げた。

「我らは手を取り合って、まずは天地の中心となる蓬莱山を築きあげた。その魂の過半を結びつけて聖地となった山からは、神仙の生きる糧《かて》となる気が恵みの流れとなっているのだが」

黄帝は懐《ふところ》から一輪の花を取り出す。

「余如《よじょ》の沢に咲く花か」

「そう。この蜜《みつ》をひとたび口に含めば渇きを覚えることがない」

だが、本来はぽってりとした丸い花びらが彩《いろど》っている筈《はず》が、萎《しお》れている。

「摘み取って随分と経《た》つのだな」

「いや、ここへ来る際にたおってきたものだ」

それは妙なこともあるものだ、と炎帝はしげしげと花を眺めた。

「お山で花が枯れるとは、妖《あやかし》でも出たか」

「その妖というやつにも文句がある」

黄帝は鼻を鳴らした。

「作ったものが失敗ならば捨てればいい。何も律義《りちぎ》に全て放つことはあるまい。こ奴らの数が増えているのも無駄遣いの一因だ」

「無駄ではない。生まれ出《い》でてきたその事に意味がある」

炎帝は語調を強めた。

「わしの考えはよくわかっているはずだ」

「産み出でて自ら在ることのできる存在は全て天地に在るべきものなり、だろう。そんなことは知っている。だが、西王母が広めて私が秩序を与えることができなければ意味がない」

「意味はそれ自体が持つもので、誰かが与えるものではない」

炎帝の言葉に、黄帝は苛立《いらだ》たしげに舌打ちをした。

「人というのはそんな仕種《しぐさ》をするのか」

炎帝はからかうように言った。

「色々と使いやすいのだ。ともかく、しばらく大人しくしていろ。もう天地に新たな何かはいらん。後は私に任せるのだ」

「これからも進む道を変えないよ」

黄帝はますます渋面になり、随伴している者たちが苛立ちを露《あら》わにした。だが炎帝は背中を向け、実験を再開する。燭陰が黄帝を促して工房の外に出した。

「おい……」

「黄帝さまが不愉快になられないよう、申し上げているのです」

燭陰はうやうやしく言った。

「炎帝さまが実験に没頭していると何も耳に入りませんし、目の前にいようと見えないも同然。何かを産み出す際にはそれだけ心気を没入させねばなりません。それは黄帝さまもご存知のはず」

「いつ終わるのだ。話はまだ残っている」

「それは炎帝さまご自身しか、いや、ご自身にもわからぬこと。新たな種の誕生は大変なこと。その労苦ははかりしれません。我らに出来るのは見守ることだけです」

「だがこちらにも都合がある。もう一度通してもらうぞ。神農にはどうしても理解してもらわねばならぬことがある。これは我が命令である」

さらに口を開こうとした燭陰も首を振って道を開けた。

「そうであろう。道を開けたのは、ここで私の邪魔をしているのが炎帝の命ではなく、己の意思なのだからな」

「それが炎帝さまに仕えるということです」

ふ、と黄帝は笑った。

「意など命に及ばない。私が命じたから、お前は退《ひ》いた。所詮《しょせん》、その程度のことなのだ。責を負って下される命に従ってこそ、秩序が生まれる」

「留めるべきと断ずれば退きません」

「熱くなるな。命に従えばそのような迷いもなくなる、ということだ。今度は私だけで行く。ここはどうしても話をつけておかなければならぬ」

動けないでいる燭陰を置いて、黄帝は奥へと進んだ。従ってきた者たちは入口に残してある。熱心に実験に励んでいる炎帝の邪魔をするのは、危険なことでもある。

廊下の両側には、黄帝ですら使途のわからぬ道具や材料がびっしりと積み上げてあった。万物に通じている彼であっても、炎帝が自らのために作り上げた物が何かは定かではない。

奥で閃光《せんこう》がひらめくのが見えた。

「またか」

膨大な力が空虚に使われ、その一部が廊下を伝って押し寄せてくる。廊下に雑然と置かれたがらくた達が吹き飛んで壊れたが、黄帝は背中に手を回すと一本の傘を取り出して開いた。

衝撃は傘に当たるがびくともせず、黄帝もため息を一つついたのみだ。表では臣下たちが騒いでいるのが聞こえるが、気にせず先を急ぐ。光は収まり、ううむ、と一つ呻《うめ》く声が聞こえた。

大きく開かれた扉を過ぎると、廊下とは比較にならないほどの石やら木々が積まれている。黄帝の目はその多くが何かを把握したが、いくつかはやはりわからない。

「神農よ」

目の前で黒焦《こ》げになっている大きな毛玉に声をかけた。

毛先の多くは焼け焦げていたが、やがてするすると八方に伸びて、再び無数の実験を始めている。

「もう少し私の話を聞け」

静かながらあちこちで火花の光や水泡の立つ音が響きだす中で、黄帝は声を張り上げる。だが炎帝は作業に没頭しているのか全く答える気配を見せない。しばらくその場に立っていた黄帝は、首を振りつつ踵《きびす》を返した。

工房の戸口には燭陰がいて、少し離れたところに随臣たちが固まっている。両者の間には微妙に張り詰めた空気が漂っており、互いに視線を外している。

「行くぞ」

黄帝が声をかけると、皆が一様にほっとした表情を浮かべた。炎帝の工房の周囲は雑然としている。土づくりの高楼があり、地面に掘られた深い穴があり、木の枝を集めた鳥の巣のようなものが神樹にかかっている。

「散らかっておりますな」

その一画を抜けたあたりで、随臣の一人が吐き捨てるように言った。

「昔からのことだよ」

「いつまでも昔のまま、というわけにはいきますまい」

そうだな、と黄帝は頷く。炎帝の工房が見えなくなったあたりに、巨大な車が置かれていた。双頭の蛇がその先頭にいる。

黄帝が乗り込むと、他の者はそれぞれ鵬《おおとり》や竜などの神獣へと姿を変えてその車に従った。黄帝と同乗したのは、人の姿をした、白く透き通った肌をした娘である。

「お疲れ様でしたね、黄帝さま」

そう言って黄帝の肩によりかかる。

「白仁子《はくじんし》、四真部《ししんぶ》がそのような振る舞いをしてはあまり美しくないぞ」

「そうですか？」

鼻白んだ表情で白仁子と呼ばれた娘は体を離した。

「人間って落胆した相手をこうやって慰めるらしいですよ」

「姿を真似《まね》ているからといって、行いまで真似することはない」

「いいな、って思うけど時々癇《かん》に障《さわ》る。だから何人か消しちゃった」

ふう、と黄帝はため息をついた。

「勝手に消したりしてはならぬ」

「黄帝さまが創った者に手をつけていませんよ。そいつらが交わって産まれたうちの一人です」

「どちらにしても同じだ。もう一度言うが、あれは元々のものだけでなく、その子たちも私が産み出したものに変わりはないのだ」

「でもね、黄帝さま」

白仁子が甘えるように言う。

「どうにも、いじめたくなるんですよ。いいじゃありませんか。放っておいたらどんどん増えるんですもの」

双頭の蛇、化蛇《かだ》と火蛇《かだ》に引かれた車は高度を上げていく。炎帝の工房から煙が上がっているのが見え、その向こうに蓬莱山がそびえている。

黄帝、炎帝を始めとする神仙の世界を蓬莱というのはこの山の名に由来している。

「豊かな地だ」

黄帝は車窓から見下ろす天地を見下ろす。偉大なる頂を中心として、仙界は九つの地域に分かれている。

天地の中央、山の周囲を鈞天《きんてん》とし、東方を蒼天《そうてん》、西方を昊天《こうてん》、南方を炎天、北方を玄天、東北方を変天、西北方を幽天、西南方を朱天、東南方を陽天という。それぞれに色、形の異なる無数の山川に覆われている。

西王母が鈞天を司《つかさど》り、炎帝が南方から西方、黄帝が北方から東方を司っている。黄帝は炎帝を訪ねるために、自ら住まう玄天を後にしてはるばる旅をしてきたのだ。

高度を上げても山の頂ははるか見えない。さらにその上に、員《いん》、という神が燦々《さんさん》と光を放って天地を照らしている。員神は天地に光と熱の恵みを与える太陽神である。

「軒轅さま！」

光の中から金色の衣をまとった少年が飛び降りてきた。車の屋根を突き破って黄帝の膝の上に立つ。

「無礼者！」

白仁子が怒りを発して押しのけようとするが、ひょいとかわして舌を出した。

「ご機嫌とりかよ」

員の言葉に白仁子はますます白くなった。

「私にそのような口をきくとはいい度胸だ」

「そうかい？　お前の唾《つば》は俺に届く前に消え失《う》せるだろうさ」

「試してみろ！」

ぷっと白仁子が唾を吐くと、周囲の気が凍りついた。

きいん、という高い音と共に姿を現した氷の槍《やり》が員の体を貫いた。

「ぬるいね」

胴を貫かれたはずの員は笑っている。氷の槍はその体の寸前で溶けていた。

「岩も鉄も俺に触れる前に溶けるだろうよ」

「黙れ」

白仁子は氷の槍を次々と繰り出して員の周囲へと突きたてる。それはいつしか氷の牢《ろう》獄《ごく》となって員を取り囲んだ。

「やりやがったな！」

太陽の少年は歯がみして氷を溶かそうと試みるが白仁子の造り出す氷と溶かす早さは拮抗《きっこう》している。やがて員の動きが止まった。

「生意気な小僧よ、悪かったと非を認めれば許してあげる」

厚い氷の牢獄は員の動きを完全に封じていた。

「小僧だって？」

しばらく俯《うつむ》いていた員が顔を上げる。そこには不敵な笑みが浮かんでいた。

「老君がこの天地を創り上げるための大元の元を『一』という。その力を借り、蓬萊でもっとも尊ばれる神仙たちが力を合わせて最初に産み出したのは、誰か知ってるのかい」

その言葉に白仁子がぎくりと肩を震わせる。

「絶対の虚無に光を与える者こそ、黄帝と炎帝、そして西王母の長子である俺ということは、お前のような小娘も知っているだろう？」

氷塊の中で員が光を放つ。それはもう、恵みの太陽といったものではなかった。眩《まばゆ》い光は白仁子の氷を一瞬で溶かし、さらにその胸倉を摑《つか》む。

「黄帝の腰巾着《こしぎんちゃく》になって忘れたかもしれないが」

少年の声は一段低くなった。

「もし二人の神仙が互いの行いを意に沿わぬ時は、いずれが正しいかを持てる力で表すのだ」

くちびるを噛《か》んだ白仁子が員の腕を摑む。ごうごうと燃え盛る陽光と凍《い》てつく烈風がぶつかり合い、車は既に崩れ去って土台と黄帝が座っている腰かけしか残っていない。

「弱さは正しくない証《あかし》だ。そのような者は蓬萊にはいらぬ。黄帝さま、そうだよな。赫《かっ》赫《かく》たる炎と凜凜《りんりん》たる氷の優劣を見せてやるよ」

返事を待たずに火力を強めた員の炎がついに白仁子の全身を包んだ。だが、それまで黙って二人のやりとりを見ていた黄帝がすっと立ち上がった。

「そこまでにしておきなさい」

とごうごうと炎を上げる員に近づいて、その頬に手を置いた。

「これは白仁子の方に非がある」

「それをこれから明らかにするんだよ」

「その必要はない」

黄帝は優しく言うと、員は不服そうに鼻を鳴らす。

「だけど、こいつは俺に喧嘩《けんか》を売ったんだぜ？」

「そうだ。だが、その正邪を決めるのは互いの力ではない」

「じゃあどうやって決めるの？」

「秩序だ」

員は首を傾げた。

「ちつじょ？　何だそれ」

「この天地が開けてより、多くの神仙が生み出された。老君が創られた天地を十全なものにするためには、さらに多くの生で天地が埋め尽くされなければならぬ」

「いいんじゃねえか。上から見ていると賑《にぎ》やかな方が好きだ」

「生ける者が多くなれば、これまで通り皆が好きに時を過ごせばよい、というわけにはいかない。天地には限りがある以上、それぞれが譲るべきところは譲る。そのためには秩序が必要だ」

「強い者が勝つでいいだろ」

「強弱だけで全てを決めるなら、この天地は私と神農と西王母だけの寂しいものとなってしまうよ」

員はぶるりと身を震わせた。

「員よ、お前のように広い天空を任されているのとは事情が違うのだ」

「星神も無数にいるじゃん」

「だが胸倉を摑むほどには近くないだろう？」

黄帝の言葉に苦笑した員は、ようやく手を離した。薄氷で全身を覆って何とか身を守っていた白仁子も息をつく。員は先ほどの凶悪な表情が嘘のようににこやかに、空へと帰ろうとして振り返った。

「あ、そうだ黄帝さま」

どうした、と黄帝が太陽神を見上げる。

「炎帝さまとは仲良くしてよ」

「してるさ。仲が悪いように見えるかい」

「昔はみんな一緒の所に住んでたのに、天地の端と端に住んじゃってさ」

「大丈夫だ。これも天地が育つ一つの階梯《かいてい》なのだよ」

そうかい、と員は屈託なく笑うと、輝く天球と一体となっていった。それを見送っていた白仁子は大きく息をつく。

「怖い思いをしたな」

「怖くはありません」

白仁子はけろりとしていた。

「私が本気を出せば蓬莱の者が迷惑をしますから。虚無の冷気を精として生まれた私は、陽光など恐れるものではありません。黄帝さまの秩序を守るために、喧嘩の仕方も考えているのです」

黄帝は初めて、にこりと笑みを浮かべた。

3

炎天という名は付いているが、その地は温暖で年中春といった風情《ふぜい》である。一人の狩人が草原を走っている。風にそよぐと少年の歌声のような音を立てる草の中から彼が狙《ねら》っているのは、夔《き》という獲物である。

「猙《そう》」

若者が側《そば》にいる獣に声をかけた。すらりとした四肢と体には黒点紋があり、豹頭《ひょうとう》は小さいながら鋭く尖《とが》った牙《きば》が覗いている。五本の尾は光を浴びてそれぞれに異なった色を放ち、額の上には槍の穂先に似た角があった。

「近くにはいませんよ」

聡明《そうめい》そうな声で獣は答えた。

「挹比《きよひ》さん。その姿、あまり役に立つようには見えないですよ」

草原の彼方《かなた》を眺めつつ、猙は尾をふぁさりと振った。

「この姿は猙よりも足は遅く鼻は効かない」

「でしょう？　何を好んでその姿になったのです。前の方が私は好きだな」

「これも炎帝さまのお考えなのだ」

　ふうむ、と神獣は鼻を鳴らした。

「形など好きな風に装《よそお》えばいい、というのはよくわかっていますがね」

「この蓬萊では姿など意味はないよ。ただ、炎帝さまに言われてこの姿になっているだけだ。良いも悪いもない」

「という言い方に不満が漲《みなぎ》っていますけど」

　理解できない、というように猙は首を傾げた。

「さあ、不自由な私のために力を貸しておくれ」

　拠比は草原の中ですうっと立ち上がった。猙はその足下で鼻をうごめかせ、風上へと顔を向ける。

「ついてこられますか？」

「頑張るよ」

　猙が走り出すと、草花が笑い声を立てる。拠比もその後に続くが、どんどん差を広げられている。走ることに優れた姿をした猙は、青空を切る隼《はやぶさ》のような速さと獰猛《どうもう》さであっという間に小さくなった。

「ここで仙骨の力を増せば……」

走りながら心を集中する。ぎこちなく動く四肢に加えて、手には弓矢も持っている。猙に比べてなんと不都合な肉体だろう。

どうしてこんなものを黄帝は作ったのか。そして炎帝はそれを真似て自分にさせているのか、拋比にはよくわからなかった。彼は元々、このような姿ではない。もともと水の精として天地に生を享《う》け、姿も自在に大地を駆け巡り、雪や雨、雲となって大空を飛びまわった。

そんな彼に、炎帝が一つの器を用意したのだ。黄帝が最近作ったものの似姿であることはすぐにわかった。拋比は天地の水と親しく、またその存在そのものである。人、というものを黄帝が創り、その領域で固まって住まわせ、殖やしていることを知っている。

何のためだろう、と疑問に思ったが、黄帝にそれを言うことはできない。だが、炎帝に訊ねることはできた。

「ちょっとなってみてくれんか」

と主君に頼まれれば頷くのみである。実際、なってみれば理由もわかるだろうと思ったのだ。炎帝が捧《ささ》げ持つその人の肉体に入りこんで一体となった時の、狭く苦しい感覚は忘れられない。

「まだもってくれよ」

ぐるる、と腹が鳴った。この不自由な体に入っても仙骨のある神仙であることに変わりはない。

「短い時間ならかつてと同じような力を発揮できるはずだ」

そう炎帝は言っていた。

「猙に負けぬ疾走を」

心に思い浮かべるのは頼りになる相棒である。もつれがちだった足が草の波をかきわけるように走り出す。やがて先を行っていた猙の姿が見えてきた。さらに先に、一本足の獣が跳躍を続けている。

「遅いですよ」

拠比は一つ大きく息を衝く。この体になって驚くのは、息が上がるということだ。

「さあ、はやくはやく」

「急《せ》かさないでくれよ」

拠比は箙《えびら》から矢を一本取り出すと、弓に番《つが》えた。

「木の弓ですか。昔の拠比さんなら氷の槍を投げてどんな獲物でも仕留めたでしょうに」

「これだって炎帝さまに作ってもらった特製だよ」

矢が放たれ、獣の体を貫く。跳躍を繰り返そうとした獣の首筋に飛び掛かった猙が、とどめを刺した。

「その体も、こうやって死ぬんでしょ?」

「今のところそれはないそうだよ」

人は死ぬらしい、ということは拠比も知っているが、拠比自身が死ぬことはない。炎帝が創りだした存在には二種類ある。終わりがあるか、ないかである。神仙にはなく、獣や草木にはある。人もそちら側だ。

夔の急所を射抜いた矢は、さらに飛んで岩を砕いている。

「こんな道具の力を借りなきゃ獣を狩ることもできない」

狎が首を振りながら矢を咥《くわ》えて持ってきた。矢は蓬萊山の中腹に生えている神樹、扶《ふ》桑《そう》に頼んで枝を分けてもらったものである。

「扶桑も不思議がってましたよ」

「俺も不思議だよ」

始めはその感覚が何かわからなかった。少し動くと、全身から力が抜けていくのである。新しい器に無理やり体を入れているからなのか、と思っていたがそれは違った。炎帝はその状態を、空腹、と教えた。

「ものを口にすることは私たちにもありますけど……」

そう言って一本の尾を振る。そこから青い粒が転がり出た。口を開けて飲みこむと、柔らかそうな体毛が一瞬青い光を放って消えた。

「新しい薬丹を煉《れん》じたのだな。また速くなりそうだ」

こくりと頷いた猙は、草原の傍らの清流に潜り、しばらくして戻ってきた。

「もう少しかな。弓阿峰《てあほう》の玉がいい材料だって聞いたけど、もう少し研究する必要がありそうです」

「十分速いじゃないか」

「地を駆け、空を翔《か》けることができるから、あとは魚のように自在に泳ぐのを目指そうと思って」

「相変わらず熱心だな」

「命とはいえ、わざわざ力のない姿になって色々試している拠比さんにはかないません」

猙はちょっと照れくさそうに頭を搔《か》いた。

「私は拠比さんと『対《つい》』になりたかった」

神仙は修練を共にしようと誓い合った相手と「対」となることがある。強い信頼と絆《きずな》が、神仙の術力を大きく上げるため、対となる相手を持っている神仙は多い。

「それは名誉なことだ。でも、今の俺は猙と釣り合わないよ」

「以前は私の方が釣り合わなかった。うまくいかないものですね」

一矢で息絶えた獣の前で瞑目《めいもく》した抛比は、手早く血を抜いて皮を剝《は》ぐ。そして持っていた大きな麻袋に肉を入れていく。

「よし、これでしばらく空腹に悩まされずに済みそうだ」

「手間がかかるんですね」

「薬丹を錬成するのと同じようなものだよ」

「でもそれで何か修行になるってわけじゃないんでしょ？」

「ないけど、食べるととりあえず満足できるんだ」

へえ、と猙は首と尻尾《しっぽ》を振りながら座った。

「いつものように焼いて食わないんですか」

「今日は持って帰れと相方に言われていてね」

頷いた猙が走り出して、すぐに戻って来た。あっという間に差が開いてしまったからだ。

「もう力が出ないんだ」

「空腹って本当に厄介なんですね」

仕方ないな、と猙は違う尾から赤い薬丹を出した。それを口に含んで体を震わせると、ほっそりとした豹の体が大きく膨らんだ。柔らかそうな体毛は剣のごとく太く鋭くなり、五色の尾は炎のごとく揺らめく。

「乗せてあげます」

「それはありがたいが……」

背中には剣の山である。

「ここにも乗れないんですか」

「あいにく柔な体なんだ」

猙は首を回して毛を繕い、隙間を作った。そっとそこに座ると、猙は草の笑い声の中を走り出した。

4

炎帝の工房は、草原の遥《はる》か彼方からでもよくわかる。もくもくと蒸気を上げていることもあれば、得体のしれない光を放っていることもある。炎帝に近い神仙はその周囲に屋敷や洞《ほら》を構え、それぞれの術の修練と仕事に励んでいる。

全ての創り手である炎帝は、その原型だけを作るだけのことも多い。そのため、西王母や黄帝に渡すまでの完成度に上げるための仕事に多くの神仙が従事している。員が天地の端に顔を出してから炎の馬車を駆って別の端に沈むまでがその一日で、光のない間は働かない、ということになっている。

拋比と猙が炎天の都へと帰ると、ちょうどその日の仕事が終わった神仙たちが市に集まって酒を飲んで語らっている。一日の疲れを癒《いや》すための酒は、炎帝も早くに作り上げたもので、鉄拐が腕によりをかけて醸《かも》した銘酒が振る舞われる。

「おお、ようやく帰ったか」

耕父《こうふ》、という神仙が拠比に声をかけてきた。有翼六臂《ゆうよくろっぴ》の大きな虎仙《こせん》で、右目と右耳がない。武仙術の達人である彼は、燭陰と「対」を組んでいる。「対」とは互いの力を必要とする神仙が結ぶ一種の契約である。信と義の重なるところに周囲の神仙が承認を与え「対」が生まれる。

　狰から下りた拠比は体中傷だらけになっている。

「夔を狩るだけでその傷は情けないぞ」

「狩りじゃないよ」

　元の小さな猛獣へと姿を戻した狰が庇《かば》うように言った。

「私が拠比さんを背中に乗せてやったから、怪我《けが》をしたんだ」

「怪我だって」

　耕父は仲間たちを振り返って豪快に笑った。

「肉体の傷など瞬間に治せるのが我々だろうに」

　と自らの首をひょいと持ち上げ、そして元に戻して見せた。

「あんたも拠比さんの体になってみればそう簡単にはいかないのがわかるよ」

狰が牙をむく。

「その者になり代われないのがわかっていてそのような言い草をするのは、怒りを買うためとしか思えぬ。喧嘩したいのか？」

「その通《ほ》りだよ！」

狰が吠えるなり飛びかかり、耕父が六つの拳《こぶし》を舞わせて受けて立つ。神仙たちは二人をさっと取り囲み、喝采《かっさい》を送って勝敗を賭《か》けている。

拋比は牙と拳のやり取りをぼんやりと眺めていた。空腹と出血が力を奪っていく、というのも人の体の厄介なところだ。どれほどの清浄な気をとりいれて呼吸による回復、導引を試みても、痛みが増すばかりである。

だが、自分が原因で喧嘩をされるのも嫌だった。ひと声吠えた拋比は二人の間に割って入る。右手が狰の牙、左手が耕父の拳を受けて砕けた。

「おい、無茶するなよ」

狰たちはさっと飛び下がって狼狽《ろうばい》している。

「無茶はしたくないけど、喧嘩するなよ」

耕父は狰と睨《にら》み合うと、にやりと笑った。

「体の弱い拋比くんが言うなら仕方ない」

あっさり引いて座り込んだ拋比の前に膝《ひざ》をつく。

「いくら炎帝老爺《ろうや》の言いつけでも、酷だよな」

耕父はかっと目を見開くと、その目じりから涙を一粒落とした。それを手のひらで伸ばすと拇比の首筋の経絡《けいらく》に塗る。すると涙は全身へと広がってあっという間に傷を塞《ふさ》いだ。血が止まり、ようやく視界ははっきりしてくる。潰《つぶ》れた拳が元に戻って間もなく、派手に腹が鳴った。

「おお、そろそろ食事というのをするのか」

市の片隅にある小屋に目を向ける。

「私が肉を届けておこう」

それはこちらの仕事だ、と不服そうな狰を押しのけて、小屋の戸を叩《たた》く。扉が開くと、中からふわっと湯気が流れ出てきた。

「肉!」

大きな刃が突き出されて耕父はのけぞって避ける。

「遅い、遅い遅い!」

白い蒸気を身にまとった影と耕父の拳が激しくぶつかり合う。だがそれは互いを倒そうというより、肉の入った袋を奪い合っているのであった。

「こらこら、落ち着け!」

あしらうというにはやや苦労して、耕父は何とか刃を抑え込む。すると湯気も晴れて中にいた者の姿が明らかになった。

「ほれ、肉やるから」

そうして袋に飛びついた少女は、満面の笑みを浮かべて耕父を見た。小柄で細い四肢は、いわゆる人と同じ姿、つまり、抛比とも同じ姿である。様々な形をとる炎天の神仙の中にあっては、かえって特異なものともいえる。

彼女の名を、僕僕、という。

短い髪は耳の横で左右に跳ね、きっと目じりの上がった瞳は強い光を放ち、薄桃のくちびるは竈の炎を浴びて輝いている。体は小さく、そこに蔵されている術力は小さいものではあるが、食材と鍋《なべ》を操っている時の彼女には別格の力が宿る。

「肉が来たけど抛比はいないの？」

呆れ顔で耕父が指さす。

「おかえり！」

と嬉しそうに手を振る少女に向かって、抛比も軽く手をあげて答えた。この娘こそ、抛比が「対」を組む、いや、組まされた相手である。

「すぐできるから、待ってて。下準備はできてるんだ。今日の料理は賽《さい》の目に切った夔の肉と腰果《ようか》、青椒《チンジャオ》、葱《ねぎ》を炒めて……」

「説明はいいから」

回る目を抑えて拠比は言う。

「早く飯を食わせてくれ」

ただでさえ空腹な上に、狰と耕父の小競《ぜ》り合いを止めるので力を使い果たしてしまった。

「任せといて」

僕僕は弾《はじ》けるような笑顔で頷くと、肉の入った袋を持って小屋へと入っていった。

「手間のかかることだよなぁ」

耕父が薬籠《やくろう》から丹薬を一粒取り出すと口の中に抛《ほう》り込んだ。

「これで十分なのに」

「手間は結局同じだよ」

拠比は言い返す。それを聞いて耕父は喉《のど》を反らせて笑った。

「俺たちの力を増し、修練の助けとなる薬丹の錬成の仕方は神仙によって様々だし、手間もかかる。だけどそれは太陽が何千回と頭の上を通り過ぎる間に一度口にすればいい。空腹も渇きも感じない。そもそも、俺たちは蓬莱の気を吸うだけで生きていけるではないか。それを朝と夕に二度も食事というものを摂《と》るなんて」

無駄が多すぎる、と耕父は呆れるのだ。拠比は適当に合槌《あいづち》を打ちながら、じっと小屋の中を見つめていた。

だんだん、と肉と骨を斬《き》る刃がまな板と当たっている音がする。ざくざく、と菜や芋を切る音がする。そして、じゅわ、と水気が熱とぶつかって立てる快い音が響いてきた。

抛比は畳んで小屋の壁に立てかけてあった卓を出し、椅子《いす》を並べる。

「はい、お待たせ！」

大きな前掛けを腰に結わえつけ、袖《そで》をまくった少女が卓の上に料理を並べていく。脂《あぶら》と葫《にんにく》と酒と醤油《しょうゆ》の香りがほわりと漂っては消えていく。

「こんなに口にするの」

猙は感心している。

「はい、ご飯も」

僕僕という少女は丼に大きく盛った玄米を抛比の前に置いた。いただきます、と手を合わせた抛比がゆっくりと食べ出す。神仙の多くが卓の周りに集まって興味深く見ている。

僕僕は自分の分もこぢんまりと揃《そろ》えると、上機嫌で食べ出した。

「うん、おいしい」

輝くような笑顔からは、達成感が溢《あふ》れている。耕父は手を挙げて、自分も食べてみたいと申し出た。

「喜んで」

と箸を差し出すと、恐る恐る口に含む。

「これは……」

味という概念がない神仙にとっては、その味わいを表現することができない。薬効のあるなし、力が増すかどうかという感覚のみを磨いてきたからだ。

「何だ、この震えるような、喜びが湧《わ》きあがってくる」

耕父の言葉に、他の神仙も我慢できなくなり箸を求める。僕僕に渡された箸で甕の炒《いた》めものを口に含んだ彼らは一様に表情を緩めた。

「赤身で味わいが強いが、それでいて脂も乗っている。塩と胡椒《こしょう》を強めにして味を引き締めつつ、強火で一気に焼いて中の瑞々《みずみず》しさは残したんだな」

話を聞いても、耕父たちは首を傾げている。

「よくわからないが、お前の出してきたこの食事というものを口にすると、実に気分がいい。それは蓬萊の清浄なる気を取り入れている時や、強い力を引き出す薬丹を服した時とも違う。これは何と言うべきなのだ」

僕僕はにこりと笑い。

「おいしい、と言えばいいんだよ」

そう答えた。だが、拠比だけは全てを食べ終わっても浮かない顔をしていた。

5

おいしい、おいしいと神仙たちが顔を見合わせて囁《ささや》き合っている。

「これがおいしい、か……」

猙も五本の尾を振りつつ僕僕がよそってくれた虁の炒め物に舌鼓《したつづみ》を打っている。

「僕僕の作るものと酒を一緒に服せば、より味わいが増すぞ」

鉄拐が言うと、皆が一斉に試す。酒を一口、そして料理を一口である。

「ほお……」

「これは……」

互いに顔を見合わせる。

「酒の精が味の佳《よ》い料理と合わさると力を増すのか」

「これはただ酒を飲む宴《うたげ》よりもよほど楽しいぞ」

神仙は琴を持ちだし、太鼓を引き出してどかどかと騒ぎ出す。

「私はこれが好きだな……」

すり潰した肝に蔬菜《そさい》を細かく刻んで煮込んだものを、型に入れて冷やし固めた一品がある。その皿をじっと見下ろして、猙は嘆声をついている。

「いらないのなら俺が……」

と横から出てきた耕父の手に嚙みつき、またもや取っ組み合いになった。拠比は皿に砂がかからないよう卓に置き、満腹となったことを示すために手を合わせてそっと立ち上がる。

神仙たちは狰と耕父の楽しげな喧嘩を盛り上げるために勇壮な楽を奏し、その周囲で舞い歌っている。拠比はその輪から離れ、清水を一口含んだ。

「拠比」

片付けを終えた僕僕が近づいてきた。

「ごちそうさま。満腹になったよ」

「でも満足していないって顔してるよ」

「いや、満足してる」

「ボクは炎帝さまにキミの腹を満たすものを作れと言われて生まれてきた。そのキミが満足していないのなら、務めを果たしていないことになる」

拠比は自分が感じている不満を、うまく言葉に出来ないでいた。

「俺は、炎帝さまから僕僕が最高の料理を作ることができるよう、材料を調えてくるよう命じられている」

「それは問題ないよ」

僕僕は明るい表情で言った。

「擞比が持ってきてくれる獣も魚も果実も菜も、素晴らしいものだよ！」

「そうか……」

おいしい、という言葉がある。食事を摂って満足した時に口にする言葉だという。確かに擞比も満足している。目の回るような空腹から解放されるのは間違いない。だが、猙たちのように口元から笑顔と嘆息がこぼれる、というわけではない。

「おいしくないの」

悄然《しょうぜん》として俯く少女を、どう励ましたらよいのか擞比にはわからなかった。そもそも、どうして食事をせずともよい神仙が満足できて必要とする自分がそうでないのかがわからない。

「あの……」

僕僕が何か言いかけたその時、どん、と満たされた腹を揺らすような音が響いた。だが、多くの神仙は振り向きもしない。

「な、何？」

慌《あわ》てているのは僕僕のみである。

「お前は蓬萊に生まれてまだ間もないから知らないだろうが、炎帝さまの工房はしょっちゅう爆発しているんだ」

耕父が肩をすくめて言う。水の精の一人として蓬萊山の三聖によって生み出された擞比は、天地の間にもう長く存在している。炎帝が実験に失敗して工房を吹き飛ばすのも何度も見てきたし、その衝撃で消えてしまうような神仙はいない。弱いものは近くにおかない、と炎帝は決めている。

　だが、この少女だけは例外のようだった。

「いちいち驚いていたら身がもたないから、気にするな」

　と耕父は言うが、僕僕が調理をしていた小屋は爆風で倒れていた。その爆風から彼女を守っていたのは、拋比である。

「あ、ありがとう」

「炎帝さまにお前を守れと命じられているんだ。食事を作ってもらう代わりに、守ってやるようにって」

　僕僕は申し訳なさそうな表情でこくりと頷く。

「天地の容《かたち》も大方できてきた、というのが炎帝さまのお考えだ。後は黄帝さまと西王母さまの仕事が主になるということだ」

　拋比の言葉に、神仙たちは顔を見合わせる。

「終わりなんてことはあるものか。炎帝さまは永遠に新たな何かを創り続ける。それを我らが支えていくのだ」

　多くの神仙が耕父の言葉に頷いていた。

「しかし、今日のはまた一段と激しいな……」

耕父が竜鬚をしごいて訝《いぶか》しむ。工房から上がる煙の中には炎もちらちらと見えていた。

「おい、拠比よ。こりゃちょっとまずいんじゃないか」

まずいことはないだろう、と拠比は考えていた。灼熱《しゃくねつ》の炎も極寒の氷も、炎帝の体を傷つけることはできない。彼自身が生み出したものでもあるからだ。

「違う違う」

耕父は手を振って見せた。

「俺たちが迷惑するだろ」

そういうことなら、と拠比は腰を上げた。

「でも、今の俺に消せるかどうかはわからないぞ。この姿になってから水の力はかなり弱まっているんだ」

「ここにいるのは火の神仙ばかりで水や風の衆は皆お出かけだ」

空腹は満たされて体中に力は漲っている。食べている時に不毛な感じさえなければ上機嫌でいられるのに、とまだどこかしょんぼりとしている少女を見て気の毒に思った。おそらくあの「おいしい」という感覚は神仙によって違うらしい。

もちろん、何かを見て感じ方が違うのは当然のことである。炎帝の工房から噴き上がる煙が漂ってきて咳《せ》き込んでいる者もいれば、けろりとしたままの者もいる。激しく咳き込んでいるのは僕僕だ。

拋比は手を合わせ、そこにふっと息を吹き込むと一枚の青い布を作りだした。

「これを口の周りにつけておくといい」

涙目になっていた少女は急いでその青い布を口の周りに巻き付けた。すると、表情が途端に楽そうなものへと変わる。

「これは布のように見えるが細かい霧だ。煙をここで止め、お前が呼吸するのに必要な気は通り過ぎるように作ってある」

「すぐにこんなの出来るんだ」

「水に関わることならある程度はできる。昔のように大掛かりなことはできないけどな」

拋比が工房へと急ぐと、思った以上の大ごとになっていた。上がる火の勢いがこれまでと違う。紅蓮《ぐれん》を通り越して青白い炎となっていた。

「これはまずいな……」

今の拋比の力で消すことのできる火には限界がある。考え込んでいる彼の横に、一人の豹頭の神仙が立った。それに気付いた拋比は慌てて膝をつく。

「西王母さま、とんだところを」

「崑崙《こんろん》からもよく見えましたよ。派手にやっていますね。蓬萊の山が火を噴いたのかと思いました」

「申し訳ありません」

「あなたがやったのではないでしょう」

声は深々と意識の奥底に響いて来るような優しさと威厳に満ちている。だが、その見た目は多くの神仙と共に暮らしている拠比にも恐ろしい。金色の眼の奥には千変する因果の流れがあり、その左右の腕にうねる大蛇は陰陽共にその身に蔵していることを示している。

くちびるの端からは全てを切り裂く絶望の牙が覗き、全てを破壊し、咀嚼《そしゃく》し、飲みこむ力を有している。だからこそ、あらゆる存在の母となれるのである。

「神農にお話があって参りました。まずは中に入れるようにして下さい」

誰かに命を下されるのを嫌う炎帝の神仙も、どうしても従わなければならない三人の至聖のうちの一人の言葉だ。拠比は一度大きく胸を膨らませた。

両腕を広げ、天を仰ぐ。

天地に遍《あまね》く存在する五つの気、地、火、水、風、空のうちで拠比がもっとも親しんでいる水の気が集まってくる。

轟々と燃え盛る火炎の周囲に霧が立ち込め始める。その濃さが急速に増したところで、

「疾《チ》ッ」

と気合をかけた。霧は氷となって炎を取り囲む。高い音と共に厚い氷が炎を取り囲んだ。だが、一度抑え込めたかに見えた炎は再び勢いを増して氷を弾き飛ばす。蒸気となって消えていくのを、拠比は眺めているほかなかった。

「軒轅の臣下の白仁子に似た力ですが、修練を怠っているのではありませんか」

冷やかに西王母が言った。

「言い訳はしたくありませんが、まだこの姿に馴染《なじ》んでいないようです」

じっと拠比の姿を見た西王母は一つため息をついた。

「軒轅も神農も、ここしばらく暇なのでしょうか。このような余技に力を使って……」

「お考えがあるのでしょう」

「その考えを聞きに来たのですよ」

西王母が腕を組む。腕に巻きついている二匹の大蛇が互いに身を絡《から》ませ、鱗が擦《す》れるさらさらという音が流れ始める。

「天地に起こる現象全てには始まりがあります。この『因果の蛇』がその始まりを露わにするでしょう」

燃え盛る炎は工房から生じていたのに、それが工房へと吸い込まれ始めた。やがて小さくなり、消えていく。

「私には産む務めがありますから、他のことに力は使いたくないのです」

と小さな怒りを表す西王母に謝りつつ、その能力の凄《すさ》まじさに拠比は舌を巻いていた。

西王母は万物の母であると同時に、始原を知るものであり、それを明らかにできる。

「さあ、取り次いで下さい。急がないとまた工房を燃やすことになりますよ。今度は私も優しくはいたしません」

西王母を怒らせてはならない。それは炎帝からもよくよく言い含められていることである。拠比は慌てて工房の中へと駆け入り、炎帝に客人の訪問を告げようとした。そこには門番の燭陰が唖然《あぜん》とした表情で立っていた。

「先ほど、炎帝さまが実験に失敗して工房が大爆発したように思ったのだが……」

無事である己の身を顧みて首を傾げている。

「爆発したのは本当だよ。西王母さまがいらっしゃったのだ。通してくれ」

なるほど、と燭陰は得心して頷いた。そして、

「お怒りか?」

と小声で訊ねた。

「火で中に進めなかったことには苛立っておられるようだった」

「他には」

あまり細かいことを気にしない燭陰がくどく訊ねるので、拠比もかえって不審に思った。

「お前が狩りに出ている間に黄帝さまがいらっしゃってな」

「黄帝さまも不機嫌だったのか。それで何と⁉」

「お二人の話を盗み聞きなんてできんよ」

「だからといって、西王母さまと苛立ちの原因が同じとは限らないだろう」

と話しているうちに西王母がしずしずと進んできた。

「不機嫌ではありませんよ」

はっと二人は頭を下げる。

「疑問があるだけです」

「それなら使者を……」

「直接話をしたい時もあります。以前と違い、私たちは随分と遠いところで住まうようになりました」

燭陰と拠比を置いて、西王母は奥へと進んでいく。その両側には無数のがらくたが積み上げてある。

「神農だけは全く変わらないですね」

ふう、とため息をついた。

「軒轅は随分と装いに凝るようになりましたが」

そしてあなたも、という風に拠比を見た。

「これは……」

「わかっています。神農の命によるものでしょう？　今日私がここに来たのは、あなたにも関わりがあることなのです」

やがて工房の中央が見えてきた。大きな毛玉が無数の繊毛を伸ばし、新たな材料を混ぜ合わせようとしている。西王母が腕に棲《す》む蛇を飛ばして目を隠し、その動きを止めた。

6

炎帝はおかんむりであった。

「手元が狂って大爆発でも起きたらどうするつもりだ！」

「もう起きていたのですよ」

西王母が言うと、炎帝は毛を束ねて目の上のあたりを叩いた。

「これはしたり。余計な力を使わせたな。因果の蛇は滅多なことでは使わないのではないのか」

「滅多なことだから使ったのです」

炎帝は話しつつも実験の手を止め、西王母のために座を用意した。中央にあった炎帝の座がゆっくりと下がり、その前に卓が床からせり上がってくる。

「花でも飾ろう」

炎帝の言葉と共に薄桃色の可憐《かれん》な花が咲く。

「杏《あんず》という。お前にも送っただろう？」

「悪くありません。でも、今は不要です」

西王母は言い、卓を元の姿に戻した。

「普段は使いたがらない因果逆転の力をやたらと使うではないか」

「それだけ火急の用件なのです」

さすがに炎帝も居住まいを正した。捌比はそんな二人の様子を見て退出しようとする。至高の二人の会話に加わることは許されない。

「捌比もいなさい」

そう命じられて炎帝を見ると、こくりと頷いていた。西王母が卓を軽く叩くと、広大な裾野を持ち、頂に近付くにつれて急峻《きゅうしゅん》な山肌を持つ一つの峰が姿を現した。仙界蓬萊の名のもととなる山である。

捌比の意識はやがて山裾に棲む畢方《ひっぽう》の鳥のように、ゆったりとその周囲を巡り始める。どれほど早い隼であっても、その山を巡ることは容易ではない。周囲は万や億の単位では測り知れぬほどに大きく、頂は神仙の目をもってしても明らかには見えない。

だが西王母の示す蓬萊山はまるで裏庭の小山のごとくささやかで、可憐にすら見える。

「これは老君の視座から見たわが蓬萊です」

拠比ですら、この天地をくまなく周《まわ》ったわけではない。古い神仙の一人である自負はあるが、九つの地域に分かれている中《うち》の半ばも知らないのだ。

「ここがその頂です」

近くで見ると凹凸の激しい山肌も、遠くから見れば滑らかで美しい。見上げるような傾斜を飛び、どんどん高度を上げていくと山肌がふいになくなった。その頂を見るのは、拠比も初めてである。

そこは不思議な場所である。

広大な天地の全てが集まっていた。火も水も風も、あらゆるものがそこにある。星の輝きもそこに降り注いでいる。無数の事象が現れては消え、その変化は止まることがない。

普通なら見えないもの、聞こえない音が響いて、拠比の感覚はぐらりと揺れた。

「心をしっかり持ちなさい」

西王母の声に我に返った。

頂には小さな穴が開いている。

「ここが蓬萊の気が流れ出すところ。普段神仙の多くが修行の際に浴びているのは、この頂から流れ出すものが源流となっています」

拠比にもその流れは見えないが、西王母が指を伸ばすと、白くもったりした流れが浮き上がった。

「これが私たちがこの天地にいられる理由です」

拠比もそのなまめかしいほどの流れに手を伸ばそうとすると、炎帝の毛が一本伸びてきて押しとどめた。

「お前が触れるには濃過ぎる」

そう言って卓の端を小さく砕き、その流れの中に投じた。しゅ、と音を立てて卓の欠片《かけら》は消え去る。

「蓬萊の気はあまりに近づくと、かえってあらゆる存在を消してしまう。それほどに強過ぎるのだ。それが長い山肌を下り、天地の間に拡散するうちに我らに欠かせないものとなっていく」

西王母が見せるその流れはあまりに細く、いくら万物の源となるちからがあってもこれで天地を満たすに足りるのか、と拠比は疑わしく思った。

「あなたの危惧《きぐ》は間違っていません」

西王母がとんと山肌を叩くと、再び卓は平らかなものへと戻っていく。

「蓬萊の気は大きく循環しています。万物が摂り入れ、そしてまた天地へと返す。神農が創り、私が産み、そして軒轅が秩序を与えて天地に広めたものは皆そうしています。ですが、そうでない者もいる」

誰だろう、と抛比が首を傾げていると、

「あなたです」

と意外なことを言った。

「いや、あなたや私たち神仙が、ですね。我らが蓬萊の気を使い過ぎているせいで、蓬萊全体が疲弊《ひへい》しているのです」

抛比は戸惑った。

「何も特別なことはしていませんが」

「日常を思い出して下さい」

多くの神仙は薬丹を錬成し、その力を増して仕える炎帝や黄帝のために働く。

「ずっとそうして過ごしてきましたが、それが何かいけないのですか」

「私は多くの生き物を産み殖やし、この天地に広めてきました。彼らは数こそ多いですが小さく弱い。その姿を見て気付いたことがある」

西王母は一度言葉を切った。

「私たち神仙がこの蓬萊を喰い荒しているのです」

抛比は思わず炎帝を見た。炎帝は目を半ば閉じるようにして西王母の言葉を聞いている。

「一度産み落した神仙は永遠に蓬萊に存在し、修行を積むことによって徐々に力を増していく。ですが、天地は有限です」

「限りがあるのですか」

思わず拠比が訊ねてしまうほどに、意外な言葉だった。老君と炎帝たちが育て上げた天地は豊かで限りがない。自然にそう思っていた。

「限りのあるなしは、その者のいる階梯によります。あなたにはまだ無限にあるように見えても、私には全てが底を尽きかけているように見える」

炎帝が大きなため息と共に目を開けた。

7

「何とかせねばなりません」

西王母の言葉に、炎帝は頷いたが、

「軒轅のやり方はあまり感心しない」

と顔をしかめつつ言った。

「あれでは吸い上げているだけだ」

「我らがしていることも、蓬萊の限られた気を吸い上げているだけ、と考えられるのですよ。だからこそ、あなたも拠比にこんな姿をとらせ、僕僕という新たな神仙を作り上げて何かを試そうとしているのでしょう?」

炎帝は拠比を見て、わずかに目を逸《そ》らせた。珍しいことである。

「祈りの力、という考え方は面白い」

そう呟《つぶや》くように言った。

「神仙が心気を凝らして薬丹を錬成し、空を飛び、地に潜り、雷を呼び、炎を操る。我らは思うだけでそれができる。だが、軒轅は人というものを創ったが、それは神仙や霊獣、妖とも違う。彼らは願うことはできるが、そのままでは決して神仙らにかなわない」

だが、その代わりに神仙に祈りを捧げ、それを神仙の力とすることができる、と炎帝は言った。

「そんなことができるのですか」

拠比は驚いた。

「お前が僕僕の調理したものを力にできるように、軒轅も人々の祈りを力にする仕組みを考えついたようだ」

だが、炎帝はどこか不愉快そうであった。

「神農は何が気に入らないのです？」

西王母が踏み込んで訊ねた。

「己より弱いものを作ってそれに自分たちを拝ませて力にしよう、という魂胆が気に入らん。強い弱いは五分の力を持った者たちがぶつかり合ってはっきりさせるものだ」

「では神仙のいくばくかを封じますか」

西王母が静かに言ったので、挑比は驚愕《きょうがく》した。

「何ということを口にするのだ」

毛を逆立てて炎帝が先に怒った。

「誰もがこの天地にとって欠くことのできない、我らの大切な子ではないか」

「その子らが、蓬萊を崩壊させてしまうかもしれないのです」

西王母の口調は穏やかだが、挑比はそこで彼女が何がしかの覚悟を決めてやってきたことを知った。

「思えば、天地はいまだ未熟ながら我らが生み出した万物は広がりつつあり、我らの務めは終わりに近づいているのかもしれません」

「まだまだ。お前さん自身がまだ天地は未熟だと認めているではないか。これから何が起こるかわからぬのに、務めを棄《す》ててよいのか」

炎帝は強い口調で言った。

「それは……」

「わしには考えがあるのだ」

口ごもる西王母に炎帝は懇願するように言った。

「お前さんの言うように、確かに蓬萊の気の平衡は崩れつつある。わしら神仙の力が強過ぎるというのも間違ってはおるまい。軒轅もそれがわかっていて、人などというものを創りだしたのだ」

「しかし神農、あなたの考えた食事というものも、そこまで効果を上げているわけではない。僕僕が拋比に作っているものは力を与えるに至らず、かえって弱めている。それどころか、不満を増してすらいる」

そうですね、と確かめるように拋比に問う。拋比は頷くしかない。空腹を満たすことはできても、何かが少しずつ流れ出している感覚は否《いな》めなかった。

「さきほど工房が燃えていた時に、私は確信しました。拋比よ、あなたは時を追うごとに弱くなっていますね。それは人の形をした枠に入っているからだけではない」

そして、と西王母は拋比を見つめた。

「このままではあなたは全ての力を失い、神仙として蓬萊にあることはできなくなります」

それは、これまで享受《きょうじゅ》してきた力と永遠の命を失うことになる。

「神農が望んでいるのは、そういう変化ですか」

「とんでもない。我らは老君の命を受けてこの天地を創り、忠実にして偉大な力を持った神仙たちを産み、彼らと共に維持し、さらに広げていかなければならない」

炎帝はこれから実験しようとした一つの瓶を取り出した。

「私の前でいじり回さないように」

西王母が釘《くぎ》を刺す。

「わかっている。先ほどは迷惑をかけてしまったからな。ところで、これが何かわかるかな」

瓶の中には、二つの三角錐を反対向きにつなげたような、不思議な形の宝玉が浮かんでいる。西王母はその瓶に触れようとして、指を引っ込めた。

「触れると危なそうですね」

「その通り」

よく見ると、蓬萊の山頂に見たのに似た光景が、その宝玉の中で明滅している。

「もしや、あの力を再現しようなどと考えているのではないでしょうね」

「一」

炎帝が言うと、西王母はぎくりと肩を震わせた。

「一って、あの一ですか」

「その一の他に何がある」

ふう、とため息をついた西王母は、

「先ほどの爆発もそのせいですか」

「次はうまくいかせる」

炎帝は落胆するどころか、身を乗り出すようにして巨大な瞳を輝かせた。

「おやめなさい」

眉《まゆ》をしかめた西王母は厳しい口調で諌《いさ》める。

「それは老君にのみ許されたことです」

「うまくいけば、天地の力自体を増すことができる。そうすれば、我らの務めにも資するし、祈りの力を吸い上げるなどということをせずともよい」

しかし、とさらに言いかける西王母の前で炎帝が瓶を持ち上げた。宝玉が煌々《こうこう》と光を放つ。

「おや……」

炎帝がない首を傾げる。光が一瞬収まって炎帝が瓶の中を覗き込んだ。

「神農よ、それもしかして……」

西王母が腰を浮かした所で、宝玉の光が青白い閃光を放った。拠比は立ち上がり、とっさに全ての力を解放して西王母と光の間に立ちはだかる。水と氷の膜が西王母を包み、炎熱から天地の母を守ったのを見届けたところで、拠比の意識は薄れていった。

第二章

1

　薄れゆく意識を懸命に引き戻しているところで、

「何事だ！」

　と真っ先に飛び込んできた燭陰《しょくいん》に蹴飛《けと》ばされた。その立派な鬚《ひげ》はちりぢりになって巻いていたし、猙《そう》の美しい五色の尾も枯れ枝のようになり果てていた。

　炎帝はけろりとした顔で工房の再建を始めていたが、神仙たちもさすがにここ最近連続する爆発に辟易《へきえき》していた。

「ともかく、『二』を自作しようとするのはお止《や》めなさい」

　黒焦《こ》げになった西王母はさすがに怒りを発していた。

「そこまできつく言わなくても」

「蓬萊《ほうらい》をめちゃくちゃにする気ですか」

「では、お前は本気で神仙の多くを封印すればいいと考えているのか？　それは誰が決めるのだ？　その神仙が果たして来た役割は誰が担《にな》うのだ？　結局は同じことではないか。だとしたら、天地始原の力である『一』の欠片《かけら》を拝借して、皆がこれまで通りにここに在れる方策を考えるべきだ」

「天地は変化きわまりなく、いかようにも育っていきます。その行く道を整えていくのが我ら三聖の仕事でしょう」

「それはそうだが、道筋を整えるにも道の源を顧みるのは大切だと思うのだ……」

と炎帝は傲然《ごうぜん》としていたが、一つの妥協案を出した。

「わかった。では、作るのではなく、探してくればよかろう。全ての力の源になる『一』は老君がこの天地の核として使い、その一部は蓬莱山の中心としてわしらが使った。それを動かすわけにはいかんから、他の欠片がないかを探せばよい」

西王母は胸を撫《な》で下ろしたが、

「それで軒轅《けんえん》は納得するでしょうか」

そこを心配した。

「してくれるさ。わかってくれる」

「天地を啓《ひら》いて時が経《た》ち、我らの距離も随分遠くなりました」

「わしはそうは思っておらんよ」

西王母もそれ以上は言わず、崩れ落ちた工房を後にした。その道すがら、

「捌比よ、『一』を探すのであれば、くれぐれも用心するのですよ。軽々しく近づいてはなりませんし、その力を我がものにしようなどと考えることに、私は反対です」

とどこか思い詰めたような表情で警告した。

「爆発させないように、ですか」

捌比は西王母の真剣さが怖くなり、やや冗談めかして応じた。

「『一』は本来そのような凶悪なものではありません。天地の礎《いしずえ》として我らを包み込んでくれるものです」

たしなめられ、捌比は顔を伏せ、次に顔を上げた時にはもう西王母の姿はなかった。

彼は一度炎帝の工房へと戻る。実験を再開しているかと思いきや、炎帝は身じろぎもせず、何やら考え込んでいた。

「反省ですか」

捌比が声をかけると、炎帝は一束毛を伸ばしてきた。その先になにかを摑《つか》んでいる。

「鏡ですね」

「失《な》くし物を探すために作ったのだが、うまくいかぬ」

「探し物の名人である導尤《どうゆう》は相変わらず行方知れずなのですか。色彩を象《かたど》る希《き》瞳《どう》と対になっていたはずですが」

「希瞳は色を産みだした古き神仙で、全《すべ》てを見いだす瞳《ひとみ》を持った導尤とはいい『対』になると思ったのだが、二人してわしの前から姿を消してしまうとはな……。確かに希瞳は世に無限の色を現したことで十分な働きをし終えたといえるが、導尤にはまだまだ働いてもらわねばならんかった」

この鏡にも導尤の力を借りたかった、と炎帝は言う。

「なしでもなんとかしてみるが、そうも言っていられなくなった」

炎帝は拋比に一つの命を下した。

「天地の種『一』の欠片を集めてこい、ですか」

「軒轅や西王母の危惧《きぐ》も間違ってはいない。いずれなんとかせねばならんが、この天地に不可欠な神仙をゆえなく封じてよいものでもないし、人とやらをあてにするのも間違っているように思う。となれば、天地そのものの力をうまく使っていくしかない」

拋比は鏡を手に取る。無数の光が瞬《またた》いて、そして消えた。

「『一』の気配を察して光るようにしてあるのだが……」

「炎帝さまの必要とされる『一』の欠片はどのようなものなのですか」

炎帝は頭を掻《か》き、無数の繊毛を工房の中に伸ばして探した。

「記念に一つ持っていたような気がするんだが。誰か持っていったのかな。拋比、お前は知らんか」

「知りませんよ……」

探したせいで荒れ果てた工房と暗い鏡面を見て、拠比もため息をつく。

「鏡に映った光の点の位置、覚えたか」

「ある程度は頭に入れましたが、数が多すぎます」

「一つ一つ、当たってくれ。そうだと思えるものを持ってくれれば、その力を引き出せるだけのものを作ってある」

炎帝がさすと、そこには巨大な鼎《かなえ》が設《しつら》えてあった。

2

炎帝のいる領域、炎天は静かなところだ。炎の名を冠しているが、その実はうららかな春の日が続き、優しい雨が時折潤《うるお》していく。

拠比は水の精として天地を巡り、限りなく広大に思える蓬萊を何度も旅してきた。それでも、己が見聞したところはその半ばにも満たない。

拠比は一頭の駿馬《しゅんめ》に鞍《くら》を置き、丁寧に挨拶《あいさつ》をした。

「戎宣《じゅうせん》どの、世話になります」

「よいよい」

気のいい老人の声で、駿馬は答えた。

「その姿では長旅には向かぬだろうからな」

同情をこめて抛比を見下ろした。大きな馬である。蓬萊には速さ自慢の神仙は多いが、その中でも一、二を争う駿足である。睫毛《まつげ》の下にある瞳は青みがかって海の深みを湛《たた》えている。長いたてがみは炎のごとく揺らめき、その四肢を包むように、ひざ下から生じた長く艶《つや》やかな毛が蹄《ひづめ》を覆《おお》っていた。

「そんなわしでも、あてもなく天地をさまよう旅というのは初めてだ」

「あてがないわけではありませんよ」

炎帝によると、かつて老君がこの天地の礎を築いた時に使った「一」の欠片は、蓬萊のあちこちに散らばっているのだという。

「そんなに簡単に見つかるものなのか」

「つい先日、このような物を炎帝さまに授かりました」

と袖口《そでぐち》から小さな鏡を取り出した。

「我らの探すものはここに映る、ということなのですが……」

抛比が錦《にしき》の袋から取り出した小さな鏡を覗《のぞ》きこんだ。だが、一瞬無数の光の点を映し出した後は真っ暗になったのみである。

「炎帝さまは自信がないと仰《おつしや》っていましたが、その通りのようです」

「頼りないことだな」

と言いつつも戎宣は特に落胆した様子もない。旅に出ること自体が楽しみらしい。

「わしはこれまで、己の速さを極めるために修練に励み、仙丹を錬成してきた。それはそれで楽しいことであったが、長き時をそうして過ごしているうちに、この力をどこかで発揮できる場はないかとかんがえていたものだ」

お前はそのようなことはないか、と問われて拠比は首を振った。

「私だって、水の力はまだまだ極めつくしてはいませんでした」

だから、日々の暮らしに疑問を抱いたことはなかった。

「もちろん、速さにも限りがないことはわかっている。わしの速さをもってしても、蓬莱を横断するには遥《はる》かなる年月がかかる。その間を一瞬にして横切ることができるのは、黄帝さまの火蛇《かだ》と化蛇《かだ》くらいのものだ」

「炎帝さまにはそういった道具はないのですか」

「秘蔵の翼もあるというが、見たことはないな。ともかく、わしは速さを追い求める以外のことをしたかったのだ」

拠比には意外だった。炎帝に産み出された神仙には、何も制約がない。進むべき道の行く先は与えられた力を磨くこととあらかじめ決まっていて、そこを目指すことだけが神仙には求められている。

そこに疑問を抱いたりすることはなかったから、炎帝に人の姿になるように、「一」

を探してくるように、などと命じられて戸惑っているほどであった。

「気になる話も聞いた」

駿足の天馬は声を潜めた。

「黄帝さまの領域に神仙が入れなくなっているらしい」

同様の話は、拠比も耳にしていた。水の精としてあまねく存在している拠比は、天地の間を素早く移動することはできない。だが、水の声を聞くことはできる。その際に、両帝の領域の間に壁のようなものができつつあると聞いた。

「なんと、水も動けないのか」

戎宣は瞠目《どうもく》した。

「あちらに水がなくなったということか？」

「いえ、私のような水の神仙が移動できなくなっただけで、水自体は行き来しているようです」

「野馬たちの話によると、やはり神仙なみの力を持った者だけが往来を禁じられているようだ。しかも秘《ひそ》かにな」

「それにしても何のためにですか。すぐにばれそうなものですが……」

「詰問《きつもん》しようと炎帝さまが誰かを派そうとしても、入ることも許されない、ということか」

「まさか――」

二人の付き合いは天地開闢《かいびやく》以来のことである。一方が他方を拒むなどあり得ない。

「そうかな？」

戎宣はふと表情を曇らせた。

「ここ最近、お二人の考えには随分と溝ができたように思える」

「どちらもより良き天地にしようとお考えなのでしょう？」

「より良き、が全く重なり合っていれば、揉《も》め事も起きまい」

「揉めているのですか……」

「炎帝さまはどうかわからないが、少なくとも黄帝さまはそうお考えだ。でなければ、神仙の出入りを止めさせるようなことをするか？」

言われてみれば、と拠比も納得した。

「しかし戎宣どの、いくら私の遅い足に付き合っているとはいえ、ゆっくり過ぎませんか」

駿馬はぽくぽくと散歩でもしている風情《ふぜい》であったが、振り向いて片目をつぶって見せた。

3

「あまり速くしては、そこにいる娘が苦しかろうと思ってな」

拠比が振り向くと、遥か先に小さな人影が揺らいでいる。手をかざしてみると、拠比の食事番の少女だった。

「あれが噂《うわさ》のお前の『対』か。炎帝さまの厨師《ちゅうし》である盆と盤の娘、ということらしいな」

「ええ、日々苦労をかけていますし、かけられています」

「食事か。獣は草を食《は》んだり獲物を捕えて滋養とするが、そのまま口にするはず。人は毎度料理ということをして手を加えねばならぬとか。とはいえ薬丹よりは手間がかからぬと聞いたことがあるが」

「時間は薬丹ほどはかかりませんが、色々工夫が必要なようです。炎帝さまは随分とそれに凝ってらっしゃるようですね」

戎宣は拠比にすっと顔を寄せた。

「しかも、口にすると随分と幸せな気分になると聞くぞ。それを、おいしい、と言うらしいな」

「そのようです」

拠比の他人事《ひとごと》のような口ぶりに、戎宣は意外そうな表情を浮かべた。

「その福を一番に受けているのは拠比ではないのか」

「皆が思うような幸せな気分にならないのです」

正直に拠比は言った。

その間にも、僕僕が大荷物を担《かつ》いでゆっくりと歩いてくる。鍋《なべ》やら包丁の柄が荷物の端から突き出して、よろよろと足もとも心もとない。

「あの娘でなければならないのか？」

「私も真似《まね》てやってみたのですが、口にするのが苦痛になるようなものしかできません」

ふうむ、と戎宣は土を掻いた。

「やはり仙丹のようなものなのかもしれんな。ある仙丹を錬成するには、その神仙が手掛ける必要がある。この娘の作るものも、同じなのだろう……。おおい、無理せずわしの背中に乗せるがいい」

と戎宣は声をかけるが、僕僕は頑《かたく》なに首を振った。

「ボクの仕事だから」

「そうかね」

戎宣は拘《こだわ》らない。だが、一行の歩みはさらに遅くなった。

「私が持とう」

と拠比も手を差しだすが、やはり拒まれる。太陽神の員が興味深げに三人を見下ろしながら東から西へと移っていっても、数里ほど進めただけであった。そして拠比の腹は減っている。

「もう動けないのか」

と戎宣は呆《あき》れているが、空腹というやつは拠比にはどうにもできないのである。僕僕は拠比の様子を見て取ると、背負っていた荷物を下ろして火を熾《おこ》し、竈《かまど》を組んで鍋を置き、即席の厨房を作った。

「獯獯《くんくん》、火を」

僕僕は二匹の妖《あやかし》を連れている。小さな炎を常にくゆらせている獯獯と、調理に欠かせない少量の水を体内に蓄えて望む時に出してくれる洵洵《じゆんじゆん》である。

「これが食事というものを錬成する場所かね。炉ともまた違うな」

戎宣は木陰に寝そべりながら、僕僕が忙しく立ち働くのを見ていた。

「ボクには仙丹より大切なものだよ」

短い髪を白い布で覆って気合いを入れる。

「ボクは速く走ることも空を飛ぶことも、雷を操ることも水となって流れることもできない。ただ、拠比のために食事を用意するために生まれてきた。お父さまとお母さまが炎帝さまにそうして差し上げているように」

誇らしげに言う僕僕に、戎宣は頷《うなず》く。

「そういう神仙がいてもいいのだ」

戎宣の言葉に、僕僕はぱっと表情を輝かせた。

「今日はこれを使うよ」

僕僕が取り出したのは、なまめかしいほどに白い物体であった。拋比と戎宣は椀《わん》に浮かんでふるふると震えているそれを興味深げに覗き込んだ。

「豆を煮てすり潰《つぶ》し、塩を取る時に出る苦汁《にがり》を入れて冷やし固めると、この豆腐というものができる」

「黄色い豆がこのように白くなるのだな。錬丹の術を見ているようだ」

戎宣はしきりに感心している。

「これを服するのか」

「もちろん、これだけじゃないよ」

豆腐を切って乾《ほ》し肉を細かく切ったものと味噌《みそ》、そして粉にした山椒《さんしょう》を合わせ、強い炎で一気に仕上げる。戎宣は鼻の穴を広げ、漂う香りを楽しんでいた。

「ふうむ、何とも名状しがたい感情が湧《わ》き上がってくる」

「戎宣どの、涎《よだれ》が垂れていますよ」

抛比に指摘されて戎宣は慌《あわ》てた。なんと、と口の端《は》を蹄でぬぐった戎宣は、それでも僕僕の作ったものから目を離さない。

「獣の類《たぐい》であれば、腹が減っては涎を垂らし、草や肉を食んで飢えを癒《いや》す。わしを基にして生まれた馬は草や豆で腹を満たすが、このような気持ちになるというのか……」

組み立て式の竈の上で飯が炊《た》け、卓が用意される。全て僕僕の大きな袋に入っていたものである。

「さあ、どうぞ」

自信満々に僕僕が勧める。抛比は楽しみにしながらも、どこか憂鬱《ゆううつ》でいた。これを口にしなければ動けない。だが、口にしても何か愉快なわけでもなければ、力を増せるわけでもない。

これは修行なのだ、と自分に言い聞かせた。そして箸《はし》を取り、僕僕に礼を述べて口に入れる。いつも通り、特に味はしない。だが、しばらくすると顔が痛くなってきた。

「何だこれは……」

顔を抑えて悶絶《もんぜつ》していると、杯に入った水が差し出された。慌てて飲み下すが、痛みは増す一方である。舌が膨れ上がり、口の中に燃え盛る薪を突っ込まれたような痛みで冷や汗を流しているうちに、ようやく収まってきた。

「何をするんだ！」

表だって不平を言わないようにしてきた拠比も、さすがに我慢できなかった。

「食事には味というのがあるんだ」

「わかっている。仙丹にも効能によって舌に感じるものは異なる」

「そうじゃない」

僕僕は傲然と言った。

「それは薬丹の効能によるものであって、食事の滋味じゃない」

よくわからない拠比は地に手を付くと、そこから細い水の流れが噴き出した。喉《のど》を鳴らして痛みを抑え込んだ。

「その体は本当に脆《もろ》いのう」

戎宣が気の毒そうに言う。

「あんまりそう言わないで下さい。本当に弱った気がしてきます」

「そうだな。気の持ちようで肉体は鋼《はがね》にも綿にもなる。しかしこの料理……」

戎宣は別の大きな椀にとってもらった辛い豆腐の炒《いた》め物を口に含んで瞳を潤《うる》ませた。

「全身の毛孔が開きおるわ」

天馬が全身から赤い汗を流しているので、鮮血にまみれているように見える。それでも咀嚼《そしゃく》は止めず、きれいに平らげた。

「これが噂のおいしい、というやつなのか？」

「食べて心が浮き立つようならそうだ」

「ちょっと違うなぁ」

汗をだらだら流し続ける戎宣に、僕僕は不満そうである。

「拠比は味に鈍いようだからちょっと強くし過ぎたのかも」

そう言って、もう一皿作り直して戎宣の前に置く。先ほどよりも穏やかな山椒の香りに、彼は満腹を忘れてお代りを堪能《たんのう》した。

「先ほどとは違う感慨だ」

くちびるの周りについた豆腐と挽肉《ひきにく》を拭《ぬぐ》いながら戎宣はため息をつく。

「これがおいしいということか」

「間違ってないよ」

僕僕はようやくにこりと笑った。

「拠比だけどうしてもおいしいと言ってくれないけど」

「言わないんじゃなくて、言えないんだ」

拠比は思わず言葉を挟んでしまった。口惜《くや》しそうにくちびるを嚙《か》む僕僕を見て気まずくなった彼は、ちょっと散歩をしてくると言って立ち上がった。

4

拠比は草原に流れる小川を見つけて、もう一度喉を潤した。

「水の神仙だというのに、なんてことだ……」

水の力を自在に使うことは以前と変わらないのに、この肉体に姿を変えてから、水は水として外からとらないと不便が生じるようになった。

「辛み、か」

空を翔《か》け、水となって万里を走ることのできる神仙は十全な存在であると拠比自身もどこかで思っていた。草花、獣たちや妖、そして黄帝が生み出した人たちはあくまでも神仙よりも全てにおいて劣った存在である、と。

だが、彼らにあって自分たちにないものがあった。「味」という概念である。

「味というものには」

料理人・僕僕は得々として説明したものである。

「甜《てん》、酸、淡、鹹《かん》、深、辣《らつ》、麻、馥《ふく》、渋、苦と種類がある」

甘い、酸《す》っぱい、すっきり、塩からい、濃い、熱く辛い、痺《しび》れるように辛い、香りがよい、渋い、苦い、と実に多様であるらしい。先ほど僕僕が作ったものは、麻で辣であるのだろう、というのは教えられて知っている。

「果たして意味があるのか？」

時が経つにつれ、疑念が膨れ上がってくる。これでは元の姿に戻って、自由な姿のままに必要な仙丹を錬成している方がはるかに役に立つ。

「蓬莱の力が弱まっているというが……」

無限に広い天地のどこからでも見える蓬莱の山容が霞《かすみ》の中に聳《そび》えている。炎帝の工房が大爆発を起こした直後、中腹のあたりから煙が噴き出したらしい。関わりはよくわからないが、今でもその名残か細い煙が立ち上っている。

天地にある者たちが蓬莱が生み出す豊饒《ほうじょう》な気を使い尽くし、やがて天地もろとも滅びるという西王母の話はあまりにも現実味がなかった。人の形になったことも、「一」を探してこいという命も、炎帝にとって必要だから従うが、意味のあることなのか正直わからない。

そもそも「一」がいまどういう状況にあるのか、炎帝ですら首を捻《ひね》る代物《しろもの》なのだ。

「この鏡……」

炎帝が錬成した鏡には、蓬莱の山が大きく映っている。その周囲に広く広がる大地に無数の光が点滅している。

「『一』に反応して光を放つというが、これでは多すぎる……」

拠比はため息をついた。目に見える範囲で数百はある。鏡を指で触れると、どうやら近くの地形が映し出された。その中だけでも光の点は数個ある。そのうちの一つが、すぐ近くにあった。

その方向に目を向けると、不思議な場所が見える。木立の散在する草原の一画に陽炎《かげろう》のように揺らめいて、その周囲だけ燃えているように見える。

「呼灼《こしゃく》の巣か……」

炎帝によって生み出された者のうち、神仙でも獣の類でもなく、古くから天地にいる者たちを妖という。彼らは仙丹を錬成することができず、永遠の命を持っているわけではなかったが、神仙に準じる力を持っている。無から何か一つを生み出す力である。

拠比が近づいていくと、巣がざわざわと蠢《うごめ》いた。

「心配せずともいい」

火の妖である呼灼は水を嫌う。拠比が高位の水の神仙であることはよく知られたことだった。

「この姿ではお前たちに迷惑をかけることもない」

呼灼には翼があるが足はない。足の代わりに炎を操り、自在に動き回る。拠比の気配に逃げまどいかけていた火の小鳥たちは拠比の周りに集まって来た。

「何ですかその姿は」

長であるやや体の大きな呼灼が呆れて言った。

「お前たちは黄帝さまの作った人というものを知らないか」

顔を見合わせた呼灼たちであったが、さあ、と首を傾《かし》げる。

「我らは黄帝さまの領域に飛んでいくことは滅多にありませんからな」

そうだな、と拠比は呼灼の巣を見まわした。

「何かお探しなのですか？」

呼灼の長が訝《いぶか》しげに訊《き》く。

「そうなのだ。炎帝さまに頼まれて、ちょっとな……」

だが、呼灼たちは「一」と耳にしても炎を揺らめかせて口々にわからないと言うばかりであった。

「古い妖の一族であるお前たちなら、もしかして手掛かりを知っているかもしれないと思ってな」

「老君がこの天地をお創《つく》りになったことは聞き知っていますが、そもそも我々の始祖は炎帝さまによって創りだされ、西王母さまによって一族の礎を産んでいただき、そして生きるための法を授けられました。その三聖がご存知ないのに、私たちが知るわけがありません」

言われてみればその通りなのである。

「あてがなくてね」

困り果てていると、一匹の呼灼が進み出た。

「お探し物ということでしたら、それ専門の神仙にお訊《たず》ねするのはいかがですか」

「探し物が得意な神仙か……」

蓬萊の気は濃密である。時に山の風が吹いて薄まる時があり、その時は千里の彼方《かなた》でも見通せることがある。だが、あまりの濃密さに神仙の感覚も妨げられてしまう。もちろん、修行の階梯《かいてい》を上がれば見聞できる範囲は広がる。

「心当たりはある」

濃密な蓬萊の気の中で仙丹を錬成し、神具を鍛える中で数多くの材料を必要とする。その中でもどうしても見つからない物がある時、一人の神仙に頼る。

「導尤さまのお名前は我らも知っております」

呼灼は頷く。

「我らの宝玉が窃脂《せつし》の鳥に盗まれたことがありました」

妖の類には、仙骨の代わりにその一族を守る宝玉が存在する。仙骨は神仙一人に一つだが、宝玉は妖一族に一つである。

「窃脂の鳥というと、お前たちと同じく火の精を蔵したものだな」

「奴《やつ》らは実に貪欲《どんよく》です」

長はその時を思い出したのか、首筋の羽毛を逆立てた。

「炎帝さまにいただいた一族の宝がもうあるというのに、さらなる力を求めて襲いかかってくる。不意を衝《つ》かれて一度は奪われてしまったのですが、勇敢なる我らの一族は果敵に反撃し、奴らを退けたのです」

だがその時、宝玉は乱戦の中で失われてしまったのだという。

「ちょうど、その辺りに住まう竜族の尾を誰かが踏んでしまい、大水が出たのです。それで宝玉は泥と共に流れて行方がわからなくなりました」

「繋《つな》がりの深い宝であれば、気配を探れそうなものだが」

「大水で山が崩れたせいで、濃密な蓬萊山の気があたりに充満して、行方を探すどころではありませんでした」

そこで導尤の力を借りたのだという。

「全てを見通す目を持つ彼のおかげで、宝玉は見つかったといいます」

そこで拋比はふと思い出した。

「確か、気難しいと聞いている」

「導尤に探し物をしてもらうにはただというわけにはいきません。こちらからも相応の供物《くもつ》を差し出したようです」

「供物というのは？」

「そこまでは……」

と呼灼の長に伝えられている物語もそこまでは明らかでないようであった。

「導尤はどこに住んでいるのやら」

「ご先祖も探し出すのに随分苦労したといいます」

礼を言って抛比は立ち上がる。

「これからその『一』というのを探しに行かれるのですか」

「蓬萊に異変が起こり、それを収めるのに必要だと炎帝さまが仰られる以上は何としても探し出さねばならない。旅は楽しいよ」

「そう言う割には浮かない顔ですね」

まさか旅の道連れが作る食事が口に合わないとも言えず、言ったところで理解してもらえるとも思えず、曖昧《あいまい》に笑って立ち去った。

5

太陽神である員が帳《とばり》を下ろして夜の休みに入っても、戎宣は自由に動くことができる。だが、抛比と僕僕は一日の三分の一は眠らないと翌日に響く。しかも、そのまま草原に転がっていると快適を通りこして寒い上に、虫の羽音まで気になるのである。

当然、神仙である戎宣は夜の気も虫なども一切気にしない。

「わしは瞑想《めいそう》でもしているよ」

と天馬の長はこだわらなかったが、抛比はもどかしかった。そして休まなければならないというのに、僕僕は遅くまで休まないのだ。焚火《たきび》の灯りで何か経典を読んでいた僕僕は、ゆっくりと立ち上がって、闇《やみ》の中へ消えて行こうとした。

「どこへ行く」

さすがに心配になって抛比は声をかける。

「食材を探しに行くんだ」

「食材？　明日にすればいいのに」

「明日の食事が貧相になるよ」

「腹が満たされたらいい」

「そんなこと言わないの」

空には無数の星神が瞬いている。彼らもまた、天地を形作る大切な神仙たちだ。それぞれに小天地を持ち、修練に励んで力を増すことで蓬莱を育て広げる役割を担っている。だが星神たちは神仙以外の命運を司《つかさど》っていたりするが、まずこちらを見ていることはない。空は空で忙しい、というのを燭陰に聞いたことがある。彼は自在に天地を往来できるが、水の神仙である抛比は、遠く高く飛ぶことはできない。

「いい料理を思いついたんだ」

「今じゃないとだめなのか？」

「夜にしか出てこない獣なんだよ」

すっかり小さくなった焚火の光の向こうで、僕僕がくちびるを尖《とが》らせるのが見えた。

「俺も行こう」

「いい。一人で行けるよ」

「見えてないだろ」

と拠比が言うそばから僕僕は転んでいる。

「獱獱はどうした」

料理を作る際に欠かせない水と火を授けてくれるのは妖、獱獱と洵洵である。火を出せるのだから光も出せるはずだと拠比は考えたが、僕僕は不服そうな顔のまま首を振った。

「寝てる。ご飯作る時に竈に中々火がつかなかったから、疲れたって」

仕方ない、と消えかけた焚火の一本を掴みだし、火を大きくする。

「駄目だって。光があると逃げられる」

僕僕は棒の火に水をかけて消した。

「何を探しに行くんだ」

「饗《きょう》だよ。あの肉ならキミも美味《おい》しく食べられるんじゃないか、と思って。その、手伝ってくれると嬉《うれ》しいんだ」

この娘なりに己の務めを果たそうとしているのだ、と思えば無下にもできない。頷いた拠比は弓を背負う。

「饕は夜になると背中が光るという。その光に寄って来た虫を餌《えさ》にしているから、それを手がかりに探そう」

と言いつつも、抛比は獣を獲《と》って食べるという習慣がないので奇妙な気分である。炎帝の庭を荒らしたり他の神獣に迷惑をかけるものを狩ることを仕事としていたが、自分の腹を満たすために狩るのだ。

暗闇の中へと歩き出すが、僕僕があまりにつまずくので抛比は手を取ってやろうとした。

「一人で歩ける」

「お前が一人で歩いていると、前に進まないんだ」

「進んでいるだろ」

僕僕は足を止め苛立《いらだ》った口調になった。

「何を怒っているんだ。事実を言っているだけだろう？　お前は戎宣どのに乗ることとすらしないし、夜も休まなければならない体のくせに、こうして夜更《よふ》けに狩りに出ようとする。こんなことでは旅がはかどらないのは当たり前だ」

闇の中でも、僕僕の顔色がはっきりと変わるのがわかった。

「すまない」

自分の苛立ちをこの娘にぶつけても仕方ない。

「饕を捕えに行こう」

ただ、饕を捕えることにはやや不安もあった。夜に背中の毛を光らせて虫を捕えることの獣は、また狡猾《こうかつ》なことで知られる。己が狙《ねら》う者を引き寄せ、己を狙う者を惑わす術を心得ている。

「化かされるぞ」

「化かされるとどうなるの」

僕僕はあどけない表情で拠比を見上げた。

「そんなことも知らないで饕を狙おうとしたのか」

「ボクが興味があるのは肉の味と料理の仕方だけだよ」

「捕まえることも考えないと、自分が獲物になってしまうぞ」

「その時は拠比が守ってくれる。炎帝さまがそう仰っていた」

「言われなくても守るが、自ら危地に足を踏み入れるような愚か者は守りきれないよ」

そう、と応じて一度微笑《ほほえ》むと、僕僕は再び暗闇の中を歩きだした。

夜の蓬萊の気は員が天を駆けている時よりもさらに濃密だ。闇で暗いのか、天地の気であたりが見えないのか判然としない。

神仙にとっては何ものにも替え難い、恵みの気だ。これさえ摂《と》り入れていれば、神仙は自らの修行を進めていくことができる。

「夜も面白いね。ボクはこちらの方が好きだな」

満足に歩けもしないのに、と挒比はおかしくなった。僕僕はいつしか挒比の手に摑まって、恐る恐る進んでいる。饗の気配はない。

どこかで夜鳴鳥が陰々と鳴いている。

「待て」

濃密な気配の向こうに何かがいる。空を見上げると、星神たちの瞬きが見える。

「挒比、あそこに饗がいるよ」

そう言われて弓を構えるが、そこに饗独特のほのかな光は見えない。

「どこだ」

「ほら、あそこ！」

そう言うなり僕僕は駈《か》け出していく。こんな足もとも見えない草むらを走れるわけがないのに、とゆっくり後を追いかけ始めた挒比は驚いた。草に隠れた凹凸が見えているかのような速さで、僕僕は闇の中に消えていく。

「危ない、待て！」

挒比が全力を出しても追いつかない。まずい、と挒比は臍《ほぞ》を嚙んだ。草の丈はどんどん高くなり、僕僕の姿は完全に見えなくなった。

夜気が濃すぎて周囲が見えているのに探れない。空を見上げると、星神の輝きが消えていた。雨も降れば霧もかかる蓬莱では、雨や霧にそれぞれの神仙が宿っている。水の精である拠比にとっては親戚《しんせき》のようなものだ。

だが、どれほど呼びかけても答えはない。空を凝視して、どうやら星たちを隠しているのは雲の類ではないことに気付いた。

「何の妖だ……」

弓に矢を番《つが》えて心を落ち着ける。

神仙が相手であってもいたずらを仕掛けてくる妖がいないわけではない。命を失うことのない神仙であっても、大切な宝貝や武具を奪われたりと、ろくでもない目に遭うこともある。

遥か向こうに、ぼんやりとした光が灯《とも》った。

「僕僕！」

拠比は弓を背負い、駆け出した。狡猾な獣は無知な少女に背中を向けている。だが、それが罠《わな》であることを拠比は知っていた。

「逃げろ！」

声に振り向いたのは、饕だった。一見羊のように温厚そうな優しげな顔立ちの下に、虎狼《ころう》の牙《きば》を隠している。走る足を止めた拠比は弓を構えた。一撃で仕留めなければ僕僕が死ぬ。

死ぬ？　彼女も神仙のはずなのに、と疑問を反芻《はんすう》しているゆとりはなかった。いっぱいに引き絞った弦《つる》から矢が離れる瞬間、拠比の体は激しい衝撃と共に吹き飛ばされていた。

呼吸が止まり、目眩《めまい》がする。空を見上げると、星神が踊っている。その光が集まって、嘲笑《ちょうしょう》するような老人の顔へと変わっていった。

「化かされた……」

と気付いた直後、拠比の意識は薄れていった。

6

陽光が顔を照らしつけるのを感じて、拠比は目を覚ました。

「俺は……」

員神の光が目に入ると同時に、芳《かぐわ》しい匂《にお》いが漂ってきた。脂《あぶら》のはぜる音のする方を見ると、串《くし》に刺された肉が火に焙《あぶ》られている。鮮やかな赤身の周囲をとりまいている脂は、焙られて清らかなほどに透明に色を変えて音を立てている。

小刀を持って肉片をそぎ、口に入れて満悦の表情となっているのは僕僕である。

「拠比、キミのおかげで狩りはうまくいったよ」

と嬉しそうな顔のまま拠比の方を向いた。

「うまくいった？」

狩りはうまくいくどころか、もう少しで死ぬところだった。彼自身も何かに吹き飛ばされて気を失ったくらいだ。

「さすがはわしだ。拠比の体には傷一つつけずに気絶させたわい」

戎宣が得意げに喉を反らせている。

「どういうことです？」

「饕の幻にひっかかって大騒ぎしていたのは、お前さんの方じゃ」

戎宣に言われて、拠比は顔が熱くなるのを感じた。

「私は僕僕が饕の罠にかかって食われそうになるのを見ました。その後突き飛ばされて……」

突き飛ばしたのは戎宣であるらしい。

「その後、空を見上げたら馬鹿《ばか》にしたような顔でも見えたんじゃないか」

「どうしてそれを？」

「饕の結界を蹴破って踏み込んだのはわしだからな。どんな幻でお前さんが躍っておったか、見ものだったよ」

僕僕もくすくすと笑っている。

「どうしてお前は饕の幻に引っかからなかったんだ」

「途中で気付いたんだ。ボクたちはあの獣の幻の中にとりこまれたって」

「だったら教えてくれたらいいだろう」

「教えたら、ボクたちが気付いたことを気付かれるじゃないか。そうなればさらに幻をかけられてしまうもの」

　拋比は内心舌を巻いた。食事を作る以外は無能だと思い込んでいたが、そうではない。術こそ使えないものの、やはり炎帝神農が精魂をこめた存在には違いないのだ。

「幻であることを、どこで気付いた？」

「キミを見ていたから」

　僕僕がじっと拋比を見つめていた。

「ボクは前を歩いていたけど、キミを見ていた。饗の幻の中に入っていくキミを見て、これは好機だと考えたんだ。術をかけようとするときは、心を凝らさなければならない。そこに隙《すき》ができるからね」

「俺を見ていたから……？」

　胸の奥の方がざわついたような気がした。だが、その正体はわからない。考え込んでいる彼の前に、骨付きの肉が差し出された。

「神仙がどんな料理を好むのか、それを考えるあまり工夫に走りすぎていたけど、一度基本に戻ることにしたんだ」

余分な脂は滴《したた》り落ち、香りがあたり一面に漂っている。

「いい香りだ」

戎宣が鼻をうごめかしている。

「いかなる妙薬も、この芳しさには敵うまい」

一切れ千切った僕僕は、手ずから戎宣に食べさせる。

「実にすばらしい。口中に広がる、いや、眠っていた何かが揺り起こされる心地すらする」

その絶賛を受けて拠比も口に含む。やはり「味」というものは感じない。だが熱さは感じる。身のうちに滋養が広がって力となるのも感じる。

「どう？」

拠比は頷いた。だが、おいしい、という感覚とはいま少し違うような気がしていた。

「それにしても拠比よ」

戎宣は彼に昨夕は一人でどこに行っていたのかと訊ねた。

「その辺りを歩いて何か『一』の手掛かりはないかと探っていたところ、呼灼の群れを見つけました」

「彼らも古い獣だからな。何かわかったか？」

「呼灼自体は『一』に繋がる手掛かりを持っているわけではありませんでしたが、導尤のことを思い出させてくれました」

ああ、と戎宣は長いまつ毛を開いた。

「確かに奴なら探してくれそうだが……」

気難しいことは戎宣もよく知っているようであった。

「だが手掛かりが何もないところで歩きまわっても仕方あるまい。炎帝さまにいただいた『一』を探す鏡も今一つ頼りにならんことだし」

7

穏やかな朱天が終わりに近づいていることは、四方の光景の変化でわかる。

「導尤がいるのは、黄帝さまの領域であるようだ」

蓬莱山主峰から八方に伸びる尾根筋が、それぞれの地域に気の噴出孔を作っている。この先にある昊天《こうてん》にも梅淵《せんえん》という山があって、蓬莱の恵みの源となっている。その山の中腹に住まいがあるという導尤は、滅多に山の下に降りてこない。頼みごとのある者は、そこまで行って交渉することになる。

「入れるかな」

戎宣はそれを心配した。神仙として蓬莱にある者が、二人の帝王を隔てる境を越えることができなくなっている。それが黄帝によって作られた障壁であることは間違いないが、炎帝側の神仙でその意図を知る者はいない。

「お前たちは入れるかもしれんな」

戎宣に言われて、拠比ははっと気付いた。

「自由に往来できるよう、わざと力の表に出づらい人の形をとらせたのでしょうか」

「それもありうる」

緑豊かな炎天の光景が枯れたものへと変わっていく。二つの領域に明確な線が描かれているわけではないが、戎宣がぴたりと足を止めた。

「これは確かに……」

拠比の感覚は異変を捉《とら》えていなかった。

「何があるのですか」

「そうだな……たとえて言うなら、ここを越えるとあらゆる災厄が待ち受けているぞ、という警告だ」

よくわからず、拠比と僕僕は顔を見合わせた。

「ここから先に進むには、わしは何か手を打たねばならん」

どうするの？　と僕僕が心配げに訊ねた。

「炎帝さまにお願いして、力を殺《そ》いでもらう」

「力を殺ぐ……」

摠比は黙って聞いていたが、その言葉の意味に気付いて愕然《がくぜん》とした。

「これまでの修行を捨てられるのですか」

「成果は炎帝さまにお渡ししているのだから、別に惜しむほどのことではない。今は『一』を探し出して炎帝さまのお心に応《こた》えるのが大切だ」

神仙が産み出されてから、膨大な時間をかけて修行を積んできた力は、炎帝に渡されて新たな研究の材とされる。摠比も水の精としてその力を高め、研究し続けてきたものだ。

「それを捨てるのはあまりにも……」

「勿体《もったい》ないか？　失ったのなら、また身につければいい。一度極めたことなら、再びできるというものだ。それにお前だってそんな姿になってしまったではないか。仲間がいれば心強いさ」

確かにそうですが、と摠比が戸惑っているうちに、戎宣は背中を向ける。

「先に行っておいてくれ。すぐさま力を落として戻ってくる。怪しまれたら、幻の食材を探している、と答えることにしておこう」

天馬は颯爽《さっそう》と地を蹴り、瞬く間に見えなくなった。

「行っちゃった。いい顔で食べてくれたのにな」

残念そうな僕僕であったが、摠比には別の心配があった。黄帝の領域では何が起こるかわからない。いざという時、天空を翔る戎宣の力は頼りになる。拠比だけなら逃げ切ることもできるが、僕僕を連れてとなると難しい。

考え事をしている間に、傍らにいた僕僕の姿がない。

「いつまでも難しい顔してるけど、ボクらの前に壁はないんだから」

大荷物を担いでさっさと歩き始めている。戎宣が足を止めたところからは十数歩進んだところにいるが、特に異状はなさそうである。拠比も慎重に歩を進めていくが、やはり何も感じない。

何者かが近付いている気配もない。黄帝の領域にある昊天は荒れ果てた地域である。乾いて暑く、緑が少ないが、一見何もいないようにすら見える。

「ここは赤精子《せきせいし》どのが治める地域のはずだ」

黄帝には四人の腹心、四真部がいる。白仁子《はくじんし》、青玲子《せいれいし》、赤精子、黄木子《おうぼくし》である。彼らの古さは炎帝側でいうと燭陰や耕父たちに匹敵し、力もほぼ同等である。

壁ができてからどう変わったかは拠比も知らないが、天地の中でも最も荒涼とした地域を恵み溢《あふ》れた地域にするべく奮闘する赤精子の働きを聞いたことはある。

「蓬萊の気はあまねく天地に広がっているのだが、それでも偏《かたよ》りがある。その力がもっとも弱まっているのがこの昊天だという」

境を越えてしばらくすると、見晴らしが良くなったように思えてきた。

「蓬莱からの気が薄いからか」

僕僕も大きく深呼吸をしてそれを確かめていた。

「ボクはこっちの方が楽だな……」

「それでは神仙として力を高めることはできないぞ」

「別に興味ないね。ボクはキミにおいしいと言わせるためにこの世に生まれたのだから」

そうしてやりたいのは山々だが、出来ないのが気の毒だった。だが、腹は減る。そう言うと、

「任せてくれ」

と勇躍して荷物を下ろした。即席の竈を築いて火を熾す。岩の上で切るのは先日捕えた饕の肉である。塩漬けとなって夜を越えたせいか、鮮やかな桃色を呈している。

「肉はたやすく腐るけれど、腐る前が一番おいしい。だがそれでは病の源も引き寄せてしまうから、塩漬けにして腐るのを止める」

小袋から小麦粉を取り出して水と塩を加え、力を込めて練り上げると左右に大きく伸ばした。みるみる形を変えていく粉と、鮮やかな僕僕の手元を拠比は感心しながら見ていた。

「これは饕の骨」

粉は全てつながって滑らかな表面をもった丸い塊へと姿を変えた。

「これを麺《めん》というんだ。いや、正確には麺の元かな」

僕僕は懐《ふところ》から帳面を取り出す。

「それは？」

「お父さまとお母さまが授けてくれた料理の手引書」

表紙には『盤と盆の萬食経《ばんしよくきよう》』と記されてある。確かに、開かれた頁《ページ》には僕僕が作った白く丸い塊が朴訥《ぼくとつ》とした筆致で描いてあった。

木の棒で伸ばし、そして両端を摑んで折り畳む。そして左右に広げる、また折り畳む。それを繰り返していくうちに、小麦粉の塊はどんどん細い糸状のものの集まりへと姿を変え始めた。

小指の先よりも細くなったところで丸めてまな板の上に置き、湯を沸かし始める。そして袋の中から、羹の骨をひと束取り出した。

「そんなものが食えるのか？」

この前の焼いた肉に比べて、随分雑だという印象を持った。

「慌てない慌てない」

僕僕は乾した野草を何種類かと塩と共に、その骨をぐらぐらと煮立った鍋の中に拋《ほう》り込む。大きな鍋の中で骨は回転し、そのうちに湯は白く濁ってきた。

そこに塩漬けの饗の肉、そして緑鮮やかで清冽《せいれつ》な香りのする留尹《りゅういん》の葉を散らしたものを拗比の前に置いた。

「湯麺《タンメン》、とでも名付けようかな」

「なるほど……では、いただくとしよう」

と頭を下げて箸をとる。白い煮汁は微《かす》かに獣臭いが、それよりも濃く豊かな香りが鼻をくすぐる。饗の皮はかなり強烈な臭《にお》いを放つのに、これほど優しい香りとなるのが不思議だった。

湯を匙《さじ》ですくって口に含む。やはり味というものを感じない。だが、熱さと香りは決して不快なものではなかった。その時、拗比は動きを止めた。

「ん？」

凍りついたようになった彼の顔を、僕僕は不安げに覗き込んだ。だが僕僕を押しのけるように立ち上がった拗比は、椀を投げ捨てて腕を振った。

「そこ！」

箸が飛び、何かを貫いて地に刺さる。もがいて逃れようとしたそれが、自分と同じ姿をした生き物であることに気付いた。

粗末な衣に身を包み、乾いた風と強い陽光に炙《あぶ》られた肌は黒く、そしてひび割れている。緑がかった瞳は美しいが、激しい敵意が浮かんでいた。

「お前は……」

拠比と同じ姿をしている。しばらく考えて、これが「人」の種族であるのかと理解した。体は小さく細く、僕僕よりも幼いようであった。じっと見ている拠比を突き飛ばすと、地面に落ちた麺を貪《むさぼ》るようにして口に入れる。砂がついているが、そんなことはお構いなしであった。

「こら！」

僕僕が包丁を振り回して怒るが、子供は口に詰め込むだけ詰め込むと、兎《うさぎ》のように跳ねて逃げ去った。だが僕僕はそのまま子供を追い掛けるのかと思いきや、拠比を見上げて睨《にら》みつける。

「どうして椀を投げた」

「どうしてって……怪しい気配がしたからだ」

「椀の中には何が入っていた？」

「麺というものが入っていた。あと、羹の塩漬け肉と骨から煮出した汁と青菜が何種類か」

「よく憶《おぼ》えていたのは偉いけど、もう一度問おう。どうして椀を投げた」

「だから、怪しい気配が……」

その時、鼻先に包丁の切っ先が突き付けられた。

「椀の中には何が入っていた？」

危ないことはやめろ、と言いかけて拠比は僕僕の瞳が潤んでいることに気付いた。

「どうしたのだ？」

神仙にも喜怒哀楽はある。

「何か気に障《さわ》ることがあったのか」

「他人事のように言うな！」

刃は下がったが、代わりに平手打ちが飛んできた。難なくかわして一歩下がる。

「口に入るものを、キミは投げたんだぞ！」

僕僕の怒りが拠比には理解できない。人の子はこちらの持ちもの、どうやらそれは拠比が食べようとしていた麺を狙っていたようであったが、その盗人を防いだのだ。喜ばれると思ったのに激怒され、拠比は戸惑った。

8

「大事に錬成した仙丹を地に投げられたらどう思う」

怒りの大きさに拠比は当惑していたが、怒りの正体を理解しておきたかった。炎帝に引き合わされた「対」であるし、何より旅の道連れなのである。

「仙丹を地に投げたところで何も変わらないよ。拾えばいい。大地の気を吸って新たな効果が生じるかもしれないけど」

「そんなことを言ってるんじゃない」

僕僕はまだ湯気を立てている鍋の中から饗の骨を一本取り出した。

「ボクたちは、この子に力をもらった。キミの腹が満たされて健やかに動き回れるのは、この子が命をくれたおかげだ。その命から、料理というのは生まれるんだ」

拠比にはやはりわからない。命が終わる、という概念が神仙にはないからだ。終わる代わりにつがいを作って増えることができるのが、獣の特性だ。それがあるのだから、狩りをしても滅びない。

きょとんとしている拠比を見て、僕僕はため息をついた。

「炎帝さまの言っていたことがちょっとわかった気がする」

神仙は自分たちが思っているよりずっと阿呆《あほう》だ、という言葉に拠比はむっとした。

「それはお前が今考えた言葉ではないのか」

「炎帝さまが自分たちのことを悪《あ》しざまに言うはずがない、なんておめでたいことを考えているのか？」

僕僕は腰に手を当てて胸を反らせた。

「もちろん、私たち神仙も皆修行の身だ。完全だなんて思っていない」

「本当かな？」

睨みつけるようにしながら僕僕は言う。

「わかってるならいいんだ。腹を満たすことは、何かの命をいただいていることを忘れないで欲しい」

料理を作る以外何もできないくせに、まるで師のような言い草だ、と拋比が呆れていると、今度は僕僕が駆けだした。

「どこへ行く！」

「あの子はお腹《なか》が減ってるんだ！」

鍋や釜《かま》を担ぐと、がちゃがちゃと音を立てながら後を追おうとする。だがまさに脱兎《だっと》の勢いで駆け去っていく子供には追い付けもしない。拋比は仕方なく僕僕を荷物ごと抱き上げ、その後を追った。

腹は満ちて力に溢れている拋比の脚は、瞬く間に子供に追いついた。恐怖に青ざめる子供と並走しながら、

「おい、腹が減っているならあまり走ってはいかんぞ」

優しい口調を心がけながら話しかけた。

「何よ、神仙じゃないの？」

「そうだよ」

「どうして私と同じ姿なのよ」

「炎帝さまがそうしろと仰ったからな」

その名を聞いて子供はびくりと肩を震わせて足を止めた。

「こ、ここでその名前出していいの？」

「炎帝さまはお前も含めたこの蓬萊に住む全てのものの親神さまだ。何故《なにゆえ》名前を出すのにためらう必要がある」

子供は隠れているのがばれた時よりも恐ろしげな表情になった。

「そんなことよりさ」

僕僕が拋比の腕の中で口を開いた。

「お腹すいてるんでしょ。あとさ、名前は？」

「……昔花《せきか》」

と子供はふてくされた声で答えた。

「お腹はすいてる。三日くらい水しか飲んでないし……」

じゃあ、と炊事の準備にかかろうとする僕僕に、

「待って」

昔花は声をかけた。

「お父さんとお母さんはもう七日ご飯を食べてないんだ」

その言葉に僕僕と拋比は顔を見合わせた。

「それほどの間何も口にしなくて大丈夫なのか」

半日も食わないと目が回る抛比は驚いた。

「私だって三日食べなきゃ何とかして飯を盗もうとするし、五日も食べないと動けなくなるよ」

「わかった。とにかく昔花のお父さんとお母さんにご飯を食べてもらおう」

憎々しげに抛比を睨みつける。

「本当に？」

昔花の表情は疑わしげだ。

「何かを捧《ささ》げろと言ったりしない？　心をこめて祈れと命令しない？」

どういうことかわからず、抛比と僕僕は顔を見合わせた。

「まあいいや。ついてきて」

昔花は少し余裕を取り戻したのか、もう走ることなく二人の先を歩いた。だが、少し進んでは膝《ひざ》に手をついて休んでいる。僕僕はその肩越しに、平たく小さな塊を渡した。

「何これ……」

「小麦の粉を水で伸ばして焼いたものだよ。餅《ピン》、というんだ。小腹がすいた時に食べようと思っていたんだ」

ほんのり焦げ目のついた餅は一見何の味もしなさそうに見えたが、昔花は慎重に口に含んだ後は、一心にかぶりついて瞬く間に食べ終わった。

もっと、と僕僕を見るが、

「一枚しか焼いてないんだ。昔花の親御さんへご飯を作る間に、もっと焼いてあげる」

同じ員神が降らせている陽光だというのに、地域が変わるとここまで強さが変わるのか、と拠比はうんざりしてきた。

「人はどうやって食い物を調達しているんだ」

「野を駆ければ獣がいるし、川を浚《さら》えば魚がいる。空を見上げれば鳥がいるし、草原の中には美味しい果実もある」

僕僕はそこまで言ってため息をついた。

「それも陽光と雨水がどちらも豊かにあれば、の話だよ」

「水がなければ術を使って呼べばいいのに。そのあたりの神仙に頼めばいいし、私も以前であればやってやるのに」

自分が水の精だ、と言うと昔花はぱっと表情を輝かせたが、

「何を捧げればいいの」

と用心深く訊ねた。

「捧げる？」

拠比は分からず僕僕を見るが、彼女も首を傾げている。

「どうしてお前から何かを捧げられなければならないのだ」

「炎帝さまの神仙は随分と間の抜けたことを言うんですね。ただで何でもやってくれるの？」

「僕僕はお前が空腹で困ってるから助けようとしてるだけだよ。彼女は食事というものを作るために天地に生まれた神仙なんだ」

拋比は僕僕に目配せをして、口調を荒らげないようにして昔花を諭した。やがて、粗末な村落が見えてくる。枯れた草原に天地の恵みは感じられず、地に恵みがなければ空を飛ぶ鳥もない。

太い麻を束ねて壁とし、細い麻を撚《よ》り合わせて扉とする質素な家々が数軒散らばるように立っていた。塚には獣や魚の骨が積み上げられているが、最後に捨てられて随分時間が経っているようにも見える。

貧しい村の中で、唯一彩《ゆいいついろど》りのある場所があった。土を積み上げて美しい円形にし、その上に果実や獣の肉が盛られている。その量は、村落の人数を養うに十分と思われるほどに、多かった。

「何故これを食べないんだ？」

「だって、これは捧げものだから……」

そう言いながらも、昔花の視線は山もりの供物から一時たりとも離れない。

「お父さんたちが目を回しながらようやく集めてきたんだ」

「これを食うんだ。誰かに捧げるよりも先に、自分たちの空腹を満たす方が先だろう」

「でも、神仙が捧げ物をして懸命に祈れば助けてくれるって」

「どこの神仙だ？」

話していて、拠比は徐々に苛立ってきた。神仙が力を増すのは修行によって錬成した仙丹による場合だけだ。もちろん、他の神仙に教えを請《こ》うことも「対」となった者の力を借りることもあるが、多くは独力で、仙丹の錬成はなされる。

「三人いるの。名前は……何だったかな。奴らが来た時もお腹が空《す》いててよく聞こえなかった」

拠比は祭壇から赤い柘榴《ざくろ》の実を取り上げ、昔花に渡した。

「食べるんだ」

「む、無理だよ。少しでも口にしたら、神仙の罰が当たって死んでしまう……」

「飢えて死ぬよりましだ。そんな罰など、俺が許さない」

昔花は微かに手を震わせながら、その赤い実に手を伸ばす。瑞々《みずみず》しく光る果実にかぶりついた少女の喉がこくりと動いた。

「おいしい……」

人というのはごく自然にこの言葉を口にするのか、と拠比はそこにまず感心した。そして、疑いと怒りと諦《あきら》めに覆われていた昔花の瞳に、喜びと希望が溢れだす。何も言わず、一心に食べる少女の姿に抛比は思わず目を細めていた。

「そんなに嬉しいのか？」

僕僕は竈を組み上げて、火を熾していた。

「ただの果実でそんなに喜んでもらえるなら、ボクが作ったものを口にしたら卒倒するかもしれないね」

と自信満々である。だがその時、空の一画がきらりと光った。どん、と大地が揺れて僕僕の竈が引っくり返る。

「何をするんだ！」

と怒っているが、抛比は膝をついて昔花を抱いて地響きのした方に背中を向ける。風音と共に大地から石礫《いしつぶて》がまき上がり、抛比の背中へと襲いかかる。その前に水の壁が立ちふさがり、礫は全てそこに吸い込まれて止まった。

「捧げ物に手を出したな？」

ごろごろと低く耳障りな声がする。声のする方を抛比の肩越しに見た昔花は、耳を押さえてうずくまった。

「怖がる必要はない」

抛比は優しくその肩に手を置いた。

「あれはまったく大したことのない神仙だ」

「そうなの？　あんなに恐ろしげな姿をしているのに」

「神仙で恐ろしげな姿をして弱き者に相対するのは、下っ端《ぱ》と相場が決まっている」

挧比が大真面目《まじめ》に言ったので、昔花はくすりと笑った。

「おい、聞こえているぞ」

不愉快そうな声と共に、巨大な何かが地団駄を踏んでいるのが見えた。土ぼこりが収まったその先には、大きな牛のような生き物が鼻息荒く睨んでいる。牛に似ているが、その体も角も全てごつごつした岩であった。

「黄帝陛下の腹心である四人の聖者、四真部の一人、赤精子さまの股肱《ここう》にして偉大なる蓬萊の大地より精を受けた偉大なる神仙……」

その時、僕僕の竈から盛大に煙が噴き出し、挧比と昔花は盛大にくしゃみをした。

「偉大なる、何だっけ？　よく聞こえなかった」

挧比が聞き直したので、岩牛の神仙は激しく鼻を鳴らして怒った。

「厳粛な名乗りを邪魔するとは、許さん！」

前脚で地面を掻くと嘶《いなな》き、挧比へと突進した。挧比が難なく避けると祭壇にぶつかり、積んであった供物が空へと舞う。

「もったいないことをする」

僕僕が鍋を両手に持って跳躍し、左に果物、右に肉を積み上げる。

「重い！」

と鍋を落としかけた僕僕の手を拠比が支えた。

「こら、そこの牛、食べ物を粗末にするんじゃないぞ！」

供物を積んだ鍋をそっと地面に置いてから僕僕は憤慨した。

「それがどうした、この下等な生き物どもめ」

岩牛の荒い鼻息は土を溶かすほどに熱い。

「祈りを捧げず禁を破ったな。罰を与えてくれる！」

溶岩となった礫が家々を襲う。拠比は氷塊を飛ばして守ろうとするが、いくつかの屋根に火が付いてしまう。

「やっぱり罰が下るんだ！」

と悲鳴を上げる昔花の言葉に応じるように、家の中で息をひそめるようにしていた人々も逃げ出してきた。

「せっかく他の村人が従順に我らへの供物を差し出し、家から出ずに祈りを捧げていたのに、道理のわからぬ一人の子供が全てをふいにする。悲しいものだなぁ」

哄笑《こうしょう》する岩牛の後ろで家が燃え盛る。

「乾いているからよく燃えおるわ」

抛比は抱き上げていた昔花を背中の後ろに隠し、立ち上がった。どうにも抑えようのない感情に戸惑っていたが、ごく自然なことと受け止めてもいた。

「おい、人の分際で我らに逆らうのか」

「私は人じゃない」

「じゃあ何だ？　その姿、黄帝さまがおつくりになられた人の姿そのものじゃないか」

「私の名を抛比という」

それを聞いて、岩牛はぎょっと表情を強張《こわば》らせた。

「う、うそをつけ。水の精である抛比は炎帝から魂魄《こんぱく》を分け与えられた高位の神仙だ。いかに水が天地を遍《あまね》く流れていようと、黄帝さまの壁を越えられるはずがない」

「でもこうしてここにいる」

じりじりと後退しかけた岩の牛は、何かに気付いてにやりと笑った。

「黄帝さまの壁は力のある神仙が越えることができないもの。さては抛比、その姿になって以前の力を失っているな。だとしたら俺でも……」

抛比はぎくりとしたが平静を装《よそお》っていた。この姿でも昔花を助けるために水の盾を張ることができた。この地は乾き過ぎていて水の声はほとんど聴こえない。しかも、昔花を庇《かば》った時にこの辺りの水気をほとんど使ってしまった。

「抛比、お前のような名のある神仙を倒せば黄帝さまの覚えもさらにめでたくなるに違いない」

「それはいいのだが、お前は誰なのだ」

拠比が大真面目に訊ねると、岩の牛は天に向かって吠《ほ》えた。

「そんな失敬な口をきけないようにしてやるからな！　溶岩の神仙、百樹《ひゃくじゅ》さまの力を思い知るがいい！」

地を踏みしめるごとに大地にひびが入り、燃えていた人々の家は崩れ落ちる。その様を人々は呆然《ぼうぜん》と見ているのみであった。

「こちらへ来い」

にたりと笑って百樹が命じる。人々は互いに顔を見合わせ、動けないでいる。

「ここは黄帝さまの治める地域であり、お前たち『人』は黄帝さまに生み出された存在だ。黄帝さまの神仙の命に従うのは当然のことだろう？」

妙に優しげな口調が、薄気味悪くすらあった。人々は項垂《うなだ》れて百樹の前に並び、膝をつく。

「ようし、それでいい。黄帝さまの恵みはお前たちから去ろうとしていたが、恭順を示すなら考え直してやらないこともない」

百樹は顎《あご》を上げて昔花を見た。

「お前も来い。親兄弟も、ここに跪《ひざまず》いてる。一人だけ異なる神を敬うことは許されない」

噴き上げる炎が両親に迫るのを見て観念したように目を閉じた昔花は、そちらに歩いて行こうとする。だが、拠比はその手を摑んだ。

「行かなくていい」

「でも、お父さんたちが……」

「神仙など、祈りを捧げたり供え物をするような相手ではない。困ったことがあれば、そう言えばいい」

「言えばいいって、何を……」

「してもらいたいことだ」

昔花は両親を見つめ、目に一杯の涙をためて拠比を見上げた。

「み、みんなを、助けて……」

頷いた拠比を見て、百樹は咆哮《ほうこう》を上げた。人々が怯《おび》え、腰を抜かして座り込む者もいる。

「俺の意は黄帝さまの意、俺の言葉は黄帝さまの命だ」

大地のひびは無数に増え、その間からときおり火柱が上っている。

「さあ、罪を謝すならいまのうちだぞ。蓬萊に満ちる五つの栄《は》えある力のうち、その一つを自在にあやつる力は我にあるのだ」

拠比は耳を掻き、

「黄帝さまの名前を何度も言わずとも、お前がその下でこの弱き者たちをいじめる下らぬ神仙であることはよくわかった」

「黄帝さまを愚弄《ぐろう》するのか」

「お前を愚弄してるんだ」

百樹が激昂《げっこう》するほど、拠比は己の心が鎮《しず》まっていくことを感じていた。代わりに力が満ちてくる。これまでに感じたことのない昂《たかぶ》りが、全身を駆け廻っていた。

「キミはボクの料理を食べて腹を満たしているんだ。負けるはずがないよ」

後ろで僕僕が腕組みをして頷いている。なんと偉そうな娘だ、と拠比は呆れるが、確かに言う通りかも知れなかった。空腹を感じていない時は、力が漲《みなぎ》っているのだ。仙丹のような静かな喜びや術力が高まる清らかな喜びでもない。

ただ、丹田のあたりから湧き出してくる野蛮なほどの滾《たぎ》りは、決して悪いものではなかった。

「下には弱き者に威張り散らし、上の名前を何度も言わないと喧嘩《けんか》もできないお前が同じ神仙だとは情けないな」

怒りを爆発させた岩の猛牛の突進を、拠比は片手で受け止めた。

「神仙が人の形になるのは、実に見下げた行いだな、拠比よ！」

「その文句は炎帝さまに言ってくれ」

それに、と抛比に付け足した。

「お前ごときはこの姿で十分だ」

抛比の体の表面に水紋が浮き上がる。小雨がぱらつくような、可憐《かれん》な水の紋様を見て百樹はせせら笑った。

「お前は水の精だが、ここは乾ききった地だぞ。ただでさえ水がないのに、ここしばらくは雨も降らず水も湧かない」

「だろうな」

抛比の周囲には溶岩が溢れ、水の盾にぶつかって蒸気となる。だが、彼は慌てない。

「雨が降らないのはこの地ならではのこと。しかし、本来湧くべき水の流れを抑えていたのは誰か。人々に祈りを捧げさせるために、わざわざ苦しみを与えていたのは、お前だ！」

「黙れ！」

炎の角と氷の拳《こぶし》が激しくぶつかり合う。人々は抱き合って震えていたが、昔花が手を合わせて見つめているのが見えた。地響きで声は聞こえないが、みすぼらしい少女が、僕に何かを訴えかけている。それは言葉でもなく、形をともなっているわけでもないが、僕の食事と共に力を与えてくれるような気がした。

「挹比よ、お前が本物ならその仙骨、いただくぞ！」

地に入ったひびから蛇の舌のごとく禍々《まがまが》しく揺らめいていた炎が、さらに大きく燃え盛る。炎の大蛇が挹比だけでなく、後ろの僕僕たちまでも飲みこもうとした。

しかし、炎は大地から飛翔《ひしょう》した水の龍《りゅう》に動きを止められた。

「百樹、お前は自ら言ったな。天地に遍く存在する五つの偉大な力、そのうちの一つを身に蔵していると」

「ああそうだ。蓬萊を形作る大地を支えるこの剛力、山となって天に突きあげるこの意気を見よ」

「だが大地の形を変え、天に突き上げた山を崩す力もある。それは大いなる海や河川湖沼を作るだけでなく、空に漂い、地に伏して流れる」

百樹はぎょっとして一歩退いた。

「ほんの少し地面をいじられるからといって、遍在する水の動きを止められると思うなよ」

「む、無駄だ。このあたりの水の出口は全て塞《ふさ》いで……」

と言いかけて慌てて口をつぐんだ。人々は顔を見合わせている。

「水の流れを止めたければ、もう少し修行を積んでからにしろ」

挹比の言葉に従って地割れから噴き出ていた溶岩は収まり、変わって涼しげな水柱が立つ。一本、二本とその数が増すごとに、熱気も引いていく。拠比は水の柱に手を入れると、その手に青く輝く氷の剣が姿を現した。

「馬鹿が！　人を甘やかすと祈りもせず、ただ求めるだけだ。そういう存在に黄帝さまが造っておられる理由も知らぬ愚か者め。俺が炎帝の領域へ飛ばしてやるからありがたく思え！」

大きく嘶いて拠比に突進する。避けることもせず静かに立っていた拠比は微かに身をかがめた。鋭い角がその体を貫こうとした刹那《せつな》、地面に切っ先が触れるほどに下げて構えられていた剣先が微かに閃《ひらめ》く。

二人の体が交錯して、互いに振り向いたところで、百樹の体が両断されて倒れた。

「やっつけたの？」

昔花が不安げに訊ねる。

「死んだか、という意味なら否《いな》だ。神仙はお前たちのいう命の終わりを迎えない。もちろん、あれほどの斬撃《ざんげき》をくらえば苦しいんだろうがな」

溶岩の巨牛は両断されてしばらく悶《もだ》えていたが、その周囲の地面がぐにゃりと折れ曲がった。

「拠比！」

僕僕の声に、見えている、と応じた拠比だが、剣を構えることはしなかった。現れたのは、大きく太った雉《きじ》が一羽と、痩《や》せて身の長い双頭の狗《いぬ》であった。雉の羽根はけばけばしく、体は紅で羽根は青光りしている。狗の方は右の頭が白ぶちで、左の頭が黒ぶちであった。どちらも身の丈は人の倍はあり、新たな神仙の登場に人々は青ざめていた。

「ねえ百樹」

艶《えん》な女の声で雉は話した。

「とっておきの祈りの力ってのはいつ出てくるんだい」

両断された頭についた目玉がぎょろりと動く。

「おい美豊《びほう》、いるならさっさとくっつけるのを手伝ってくれ」

「おお、やだやだ。そこの人間にしては見目のいいお方に斬《き》られたんだろう？　ただ者じゃないと思ったら拠比さまかね。私は黄帝の四真部、赤精子の臣、美豊と申します」

羽を一度開いて閉じ、頭を下げる。慇懃《いんぎん》な態度だが、目は笑っていない。

「さあ望森《ぼうしん》、さっさとこの間抜けの体をくっつけておあげ」

だが双頭の狗は片方の頭が寝ているせいで、動きが鈍い。

「まあ、いいけどさ」

ゆっくりとした動きで近づいていた望森は、前足で百樹の体を蹴り飛ばす。細い脚ではあるが、重そうな岩牛を易々《やすやす》と転がした。

「おい、もう少し丁寧に扱えよ」

「文句はまっとうな姿になってから言いな」

百樹は文句を言うが、美豊が冷たい声を飛ばす。やがて間近に転がった二つの塊は、じりじりと互いに引き合うように動いて、一つとなった。鼻息荒く起き上がった百樹は、

「さあ、もう一丁だこの野郎。かかってこい！」

と猛《たけ》り狂う。

「やめろよ」

望森が横から前足をちょんと当てると、百樹は派手に転がった。

「あの一刀で体中の経絡を斬られているのに、すぐに戦えるわけがないだろう？　お前さんのあてにしていた祈りの力とやらは、ほれ」

望森が起きている顔を億劫《おっくう》そうに人々へと向ける。

「全く吸い上げられそうにないじゃないか」

舌打ちをした岩の牛は、人々を睨みつける。だが、先ほどまでの怯えはもうない。

「い、いい気になるなよ」

凄《すご》んではみるが、拠比が一歩前に踏み込むと飛び上がって逃げ出した。美豊は愛想笑いを浮かべつつ、そして望森は欠伸《あくび》をしつつ背中を向けた。

人々が拠比に向かって手を合わせるのを、彼は急いで止めさせた。何か危うい滾りが、再び体の奥底から湧きあがってきそうだったからだ。

第三章

1

なかなか面白いことになった、と湧《わ》きたっている自分の心に、戎宣《じゆうせん》は戸惑いを覚えていた。老君が産み、黄帝と炎帝、そして西王母によって育てられていく天地を支えるのが、自分たちの役割であり、存在する意味でもある。

緑と青に覆《おお》われた炎天の豊かな大地から、蓬萊《ほうらい》の峰がかすかに見えている。偉大としかいいようのない、末広がりの美しく巨大な山容が霞《かす》みの向こうに佇《たたず》んでいる。湾曲した長い角で空を画した大鹿《おおしか》の神獣が数頭、草を食《は》んでいる。

神仙の住まう洞や庵《いおり》が点在し、仙丹を錬成する時に出る五色の煙があちこちから立ち昇っている。長年の研鑽《けんさん》による薬材の調合と、その仙丹によって高められてきた力が聖なる炉の中で渾然《こんぜん》一体となり、新たな仙丹が生まれるのだ。

炎帝の工房に近づくほど、戎宣は全身の毛が逆立つのを覚えた。どのように鋭利な鏃《やじり》も通さない鋼《はがね》のたてがみの間を通って、万物の親であり天地の半ばを治める帝王の気配か伝わってくる。

普段は決して意識しない、ごく自然なものである。自分たちを生み出した存在の放つ気配はすなわち、自身のものでもあるからだ。だが、黄帝という一方の天地の親から拒絶の壁を見せつけられて戻ってみると、ふと涙がこぼれそうな温かさを実感するのだ。

炎帝の工房は、数え切れぬほどの爆発を経てきたと信じられぬほどに、以前と変わらぬ姿を見せている。

「おい」

門前の揺り椅子《いす》に座って眠りこけている燭陰《しょくいん》を前足でつつく。鼻ちょうちんを膨らませていた竜顔の神仙は飛び起きた。

「め、瞑想《めいそう》していたんだぞ」

「ここは平和でいいな」

「いや、黄帝さまの動きがきな臭いからな。何があるかわからん」

「なのに高いびきかよ。ともかく、炎帝さまは何か制作中か。急ぎのお願いがあって戻って来たんだ」

「何やら熱心にお作りだから、誰も通さぬようにしている」

だが、燭陰は戎宣の願いを聞いて驚いた。

「力を殺《そ》いでもらうだって？　本気で言ってるのか」

「そうでなければ壁の向こうに行けないのでな」

「拠比たちは」

「先に行ってもらってる。彼らが人の形となって力を抑えられているのが、壁を越えるのにはちょうど良かった」

燭陰は長い鼻を鳴らして考え込んだ。

「何のためにそんなことを……」

「それを探るためにわしもあちらに行く必要がある」

そういうことなら、と燭陰は奥へと入っていった。しばらくして、工房の奥から閃光《せんこう》が走り、ぼん、とくぐもった音と共に工房の屋根が飛んでいった。

円弧を描いて遥《はる》か彼方《かなた》に屋根が落ちた頃、奥から黒焦《こ》げになった燭陰がやってきた。

「炎帝さまが通れと仰《おお》せだ」

長い鬚《ひげ》は縮れて螺旋《らせん》となっている。

「お前の願いに驚いておられたよ」

「そうだろうな。力を増すための助言をもらいに来る者はいても、まさか殺いでくれというのはいないのだろう」

燭陰はじっと戎宣を見つめ、本気なのか、と訊《たず》ねた。

「我ら神仙はひたすらその力を高めるために修行し、仙丹を錬成し続けてきた。天地が開いて神仙が産み出されて以来続いてきた流れに逆らうことになるんだぞ」

「確かにな」

と戎宣は頷《うなず》いた。

「だが、胸が躍ってもいるのだ」

「信じられん」

長い首を振りつつ燭陰は先へ導いていく。長い廊下には無数の瓶や箱が散乱しているが、燭陰は焦げて丸まった鬚を伸ばしながらひょいひょいと棚の上に戻していく。

「蔵でも作ったらどうだ」

「そう炎帝さまに勧めたら、手の届く場所に何でもある方が便利なんだと断られたよ」

やがて屋根が飛んで陽光の射《さ》し込む工房の中心が見えてきた。濛々《もうもう》と立ち昇る埃《ほこり》と煙の向こうに、大きな丸い影が座っている。

「炎帝さま」

戎宣は膝《ひざ》をついた。どのような埃も、戎宣には苦にならない。天馬の長いまつ毛は何物も通さずその黒く大きな瞳《ひとみ》を守る力を持つ。

「何か新しい願いを聞くのは楽しいものだ」

炎帝の言葉に、戎宣ははっと顔を上げた。

「では、聞き届けていただけるのですか」

「もちろん、理由あってのことだが」

埃が落ち着いて、炎帝の姿が明らかになる。

「軒轅《けんえん》のやつは、それほどまでに強固な壁を築き上げたのか……」

「拋比たちはあの姿で力を減じていましたから、かえって好都合だったようです」

「だが、お前は他の神仙たちに比べても別して古くからわしのために働き、修行も続けてきた。その成果を取り去ることは、お前にも多大な苦痛を強いることになる」

だが、戎宣の楽しげな気持ちは揺らぐことがなかった。

「先ほど炎帝さまの仰《おつしや》った、新しく楽しきこと、それが私の胸に満ちて溢《あふ》れているのです」

ううむ、と炎帝は瞑目した。

「天地は千変万化、絶えず止まることなく動き、成長していく。だが、わしはどこかで、この動きには一つの流れがあって、それが永遠に続くものだと思い込んでいた。もし変えるとしたら、万物の創《つく》り手であるわしによるものだ、とな。何かを生み出すことで、流れに変化を加えていると悦に入っていたことこそ、傲慢《ごうまん》なのかもしれない」

炎帝の長い毛が優雅に伸びて、崩れ落ちた工房を瞬《また》く間に修復していく。

「この工房も来る度に少しずつ様子が変わっています」

「使いやすいように手を加えているのだ」

「その変化も、より炎帝さまが楽しむためのように思えます」

戎宣の言葉に、炎帝は小さく笑った。

「軒轅が何を考えているのか……」

楽しげな表情であるのに、その大きな体が少し震えていた。喜びと恐れが、共に表れている。戎宣の体も震え出した。

「ははは……」

二人は顔を見合わせ、体を大きく震わせて笑った。

「相手が何をしでかすかわからないこと、というのがこんなに恐ろしいものだとはな。そして恐ろしいは、楽しいのだな」

黄帝は世に秩序を与えるべく務めている存在だ。その神が、天地が啓《ひら》けて以来の伴侶《はんりよ》たちから全《すべ》てを隠し、何事かをなそうとしている。思わぬ方向から加えられた変化を喜び、楽しんでいるのかと自身に問うが、それもまた違う気もしていた。

「ともかく、お前がこれまで積み上げてきた力を失ってまで明らかにしたい何かが、ありそうな予感がするというわけだな」

戎宣はその予感を引き起こした原因の一つに、あの厨師《ちゆうし》の娘がいるような気がしていた。

「ほう」

興味深そうに炎帝は目を見開いた。

「あの子は人の姿をした抛比が不自由しないように創った。抛比の力を減じないように様々な工夫をするよう命じてある。それ以外の力はほとんどないはずだ」

「僕僕は神仙なのですか」

「間違ってはいない。仙骨もあり、我らと同じ永遠を許されている」

炎帝は微妙な言い方をした。

「ですが、万里を駆けることも、大空を舞うこともできない。ただ、奇妙な気配を感じるのです。抛比と似たような……」

そこで戎宣ははっと何かに気付いた。

「あの娘は『人』でもあるのですか」

「我々には試さねばならぬことが多くある」

炎帝はふと真面目《まじめ》な表情になった。

「蓬莱の峰が煙を上げて崩れて以来、これまでの摂理に狂いが生じている。正しいと思っていた配合が整わず、工房が爆発することもこれまで以上だ。あらゆることを試さねばならぬ」

「爆発は昔からですが……」

戎宣の言葉にきまりわるげに頭を掻《か》いた炎帝であったが、そろそろ始めるか、と重々しい声で言った。

2

どのような術が自分になされるのか、恐れがないわけではなかった。工房は既に修復され、いつも炎帝が座っている場所に戎宣は立たされている。

数日の間、炎帝は何者をも近付けず、炉の中で何かを錬成していた。とんかんと高い音が昼夜を問わずしていたから、武具か何かなのだろうか、と燭陰と戎宣たちは噂《うわさ》していた。

「遠くに離れておれ」

炎帝が命じたのは、失敗した時の爆発がいつも以上になるという警告である。炎帝の傍に洞を構えていた神仙たちは蓬萊の山の麓《ふもと》まで離れ、千里眼を持つ神仙に様子を見させつつ、その時を待った。

「工房の上に赤い幟《のぼり》が立つというが、その気配はあるか？」

じれた様子で耕父が歩き回っている。

「出来たら教えて下さるのだから、いちいち訊《き》くなよ」

燭陰が欠伸をしながらたしなめる。

「何を暢気《のんき》なことを。炎帝さまの身辺を守るのが務めのお前はもっと心配してしかるべきだろう」

「心配してうまくいくならいくらでもするさ」

長い鬚を波打たせてからから笑う。

「いつもそうしてふざけおって。黄帝さまが妙なことを始めて、炎帝さまの身にも何が起こるかわからない。もし炎帝さまが封じられるようなことがあったら……」

「ばかばかしい」

燭陰は鼻で笑った。

「誰があのお方を封じられる。この天地で無を有に変えることのできる、唯一《ゆいいつ》のお方だ。黄帝さまも西王母さまも、その力を持たない」

「だが、黄帝さまはその領域に踏み込んだ」

耕父の言葉に、燭陰はふと表情を改めた。笑っていた神仙たちも押し黙る。

「役割を定めて天地を育てていたとはいえ、黄帝さまが新たな存在を創っていけないわけではない。右腕となって働く神仙たちは自ら生み出してよい。そして神仙を生み出せるわけだから、それよりも遥かに力の劣る存在を創ることなど、本来は簡単なものだ」

燭陰たちは顔を見合わせる。

「神仙よりも遥かに劣っている者なら、いくらいようと炎帝さまが気にすることはないし、黄帝さまもわざわざ隠しだてする必要もないではないか」

「だから、おかしいのだ」

耕父は地面を踏みしめた。四方に亀裂《きれつ》が入り、遠くで休んでいた鳥の群れが騒がしく鳴きながら飛び立つ。

「必要のないことをわざわざする黄帝さまか？」

それはない、と戎宣は考えた。炎帝が生み出したあらゆるものは、混迷の中にいる。それに生きるための秩序を与えるのが、黄帝の力だ。その行いは自らが定めた規則の中にあり、寸毫《すんごう》たりとも乱れることはない。

「確かに、黄帝さまにしては奇妙なふるまいをされるよな。好き勝手なさるのは炎帝さまだけかと思っていた」

耕父の言葉に数人が笑ったが、すぐに笑いを収めた。

「ともかく、どちらかに出来ることは、もう一方にも不可能ではないということだ。黄帝さまは何らかの意図をもって、自ら理想とする天地を創ろうとされているのかもしれない。だとしたら、我らも炎帝さまのもとで理想とする天地を考え、それに対抗するべきではないか」

頷いた者もいたが、首を傾《かし》げている者もいる。戎宣は耕父の言葉を理解できたが、ひっかかる部分もあった。

「対抗とはどういうことだ」

「黄帝さまが望むなら、優劣を競えばいい」

耕父は拳《こぶし》を握り、声を張った。

「お二人は競ったり争ったりする間柄ではない」

「だが、あちらはそれを望んでいるのだ」

燭陰がたしなめ、耕父が反発する。他の神仙たちも戸惑いを見せていたが、戎宣ははっきりと耕父の考えに異を唱えた。

「耕父よ、お前は黄帝さまが自ら理想の天地を創るだの優劣を競うだの言っているが、それはみな憶測ではないか。黄帝さまがはっきりそう仰ったのか？」

「いや、そういうわけではないが……」

耕父は口ごもった。

「我らは共に手を取り合って、この天地を育ててきたのだ。黄帝さまも長い時をかけて積み重ねてきたものの意味を忘れたわけではあるまい。何か意図があるとしても、それが明らかにならないうちに競うの争うのと言わない方がいい」

戎宣がはっきりと燭陰の肩を持つと、耕父は小さく唸《うな》り声を上げた。

「では相手がこちらに悟られないように、優位に立つよう準備を進めてきたとしたらどうする。我らが反撃しようにも、手遅れになるかもしれないのだぞ」

「そうならないように、媧比とわしが探りに行くのだ。持てる力の多くを失ったとしても、天地の平穏がこの先も続くよう、まず手を尽くすのが先だ」

自ら壁の向こうへ行こうという戎宣の言葉には力があった。耕父もそれ以上は言えず、口をつぐむ。その時炎帝の工房から煙が上がった。

「爆発……ではなさそうだ」

戎宣は工房へ向かおうとしたが、燭陰がその背に手を置いた。

「あまり無理をするなよ」

「楽しみにしているんだよ。これから何が起こるのか」

その言葉に驚いた燭陰は手を離す。戎宣は工房へと歩みを進めた。赤い煙がひとすじたなびくその光景は、どこかのどかだ。炎帝の創るあらゆるものが、戎宣は好きだった。黄帝の不満もわからないではないが、だったら壁を作るようなことはせず、よく話し合ってほしい。

その場についてもらうためにも、黄帝の真意をよく知らなければならない。工房の中はしんと静まり返っていた。爆発することなく錬成が成功した時は、工房の中にはぴんと張り詰めた空気が漂っている。

新たな誕生を蓬萊の気が厳粛に迎えているようでもある。炎帝は瞑目し、工房の中央に座していた。中に入った戎宣を迎えた炎帝は、普段自らが坐している炉の前の席を譲った。

「ここにいれば、苦痛も少なくてすむだろう」

そうして炉の扉を開ける。数本の体毛が撚《よ》り合わされて逞《たくま》しい腕のようになり、火が落された炉の中へと入り、何かを取り出した。その腕の先には、巨大な剣が握られていた。

3

戎宣は炎帝が握る剣の異様な姿を見て、身震いをした。それは一時たりとも同じ姿をとっていない。五蘊《ごうん》の流れは常に転じて、四季の気配を全てその刀身に帯びている。色が常に変化しているため、力のない神仙にはただ白く輝いているだけに見えることだろう。だが戎宣は、その渦を巻くような色の変化に目眩《めまい》がする思いだった。

「その剣は……」

戎宣は口の中が乾いていく感覚に戸惑っていた。

「これこそ、戎宣の願いを、そしてわしの想《おも》いを遂げる剣だ」

新たな何事かに対する期待に加えて、腹の底に冷たい鉄塊を置かれるような、奇妙な感覚に囚《とら》われた。

「それを恐怖、という」

炎帝は厳かな声で言った。

「何かを恐れ、敬い、逃げて遠ざける」

「どうにも馴染《なじ》みがありませんな」

「神仙のような強き者がその感情に至るのは、極めて限られた場合だけだ。それは、天地を司《つかさど》る者の大いなる怒りに触れて何らかの罰を受ける時だ。もちろん、戎宣には何の咎《とが》もなく、罰せられる理由もない」

「しかし、今のわしはその恐れを感じております」

恐れの源が、炎帝の握る剣であることは明らかであった。

「弱き者には必要な心の動きだ。恐れがあることで、儚《はかな》い命をわずかでも永らえることができる。神仙でない者には、命の危機に近づかぬようこの心を植えて容易に発せられるようにした」

炎帝の言葉を聞きながら、戎宣は恐れの下からそれ以上に強い新たな気が渦巻きだすのを感じた。

「それは怒りだ」

じっと戎宣を見つめながら炎帝は言う。

「誇り高く聖なる存在である神仙は、恐れを喜ばない。もし、恐れに飲みこまれそうになれば自らそれを破ろうとする。たとえ相手が老君であっても、己が正しいと魂魄《こんぱく》が命じる限り、そのように動く。天地を育てるには強い心が必要なのだ」

戎宣のたてがみが逆立つ。炎帝の言葉に偽りはない。あの刃が自分に触れる時、多くのものを失うのだ。そして弱き者の印として、恐怖を友に生きてゆかねばならない。

「それでもよいか」

炎帝はもう一度念を押す。

「恐怖を友とすることも、いずれ自らの修行の糧《かて》になりましょう」

「よくぞ申した」

剣が拍動を始めた。

「軒轅が築いた壁を越え、かつ拠比たちの力になるよう加減はするつもりだ。だが、初めての試みな上に、この剣を振るうのも一度きり」

「二度は使えないのですか」

「神仙の力を斬《き》りおとして封じる、などという乱暴なことをするのだ。刃がもたぬよ」

「こういう時のために、心身を錬磨してきたのかもしれませんな」

剣がゆっくりと振り上げられる。刃に籠《こ》められた五蘊の力がめまぐるしく入れ替わり、戎宣にも捉《とら》えられなくなった。

「すまん」

炎帝が誰かに謝るのを初めて聞いた。刃が首筋に触れる。そこを切るのか、と戎宣が意外に思ったところで、全身を冷たい波が包んだ。刃が肌に食い込んでいく。どのような鏃も槍先《やりさき》も通さず、そして万里を一駆けにする筋骨をしなやかに包む皮膚がいともたやすく切り裂かれていく。

覚悟を固めていたというに、戎宣は苦痛に呻《うめ》いた。助けを求めたくなって炎帝を見る。その瞳はいつもの穏やかなものとも、創造に工夫を凝らす、どこか無邪気な輝きとも異なっていた。

神仙が封じられることは、ごく稀《まれ》にしかない。神仙としての力を暴走させてしまったり、他の神仙をゆえなく傷つけた者は、この罰を下される。戎宣が天地に生まれて以来、炎帝の怒りを目にしたのは数えるほどだ。

苦痛とは、と戎宣は考えることで苦痛そのものをやり過ごそうとした。

これも弱き者たちに与えられた恐怖というものと表裏を共にするものだ。食いしばった歯から血潮が噴き出す。これまで天地の気を吸うだけで清らかさを保ってきたものだ。味がする、と遠ざかろうとする意識を懸命に引き止めた戎宣は、不意にその味がなくなったことに気付いた。

味だけではない。光も、音もない。目の前にいるはずの炎帝の姿すら見えない。続いて天と地の場所すらわからなくなり、戎宣は力なく倒れ伏した。

全身が脈打っている。炎帝の剣が己の首を深く斬り、そして両断したのか。揺れ動くことのない悟りの中にいるはずの魂魄が揺れている。

まだ生まれて間もなき頃、仙丹もろくに錬成できなかった遠い昔の頃を思い出した。

「困った時はわしを思うがいい」

失敗に落ち込む自分を、炎帝はそう言って励ましたものだ。

「炎帝さまを思えば、うまくいくのですか」

「そんな都合のよいことがあるものか」

そう笑った。

「だが、気休めにはなる」

それでも、主《あるじ》の姿を思い浮かべずにはいられないほどに苦しく、そして痛かった。これまで神仙として免れていた全ての感覚と感情が襲ってくる。何かにすがりたかった。ぼやけた視界の中にいるその人に、全てを委《ゆだ》ねて救ってほしかった。

「……るか……宣……」

「あなたの助けを得られるのならば……全てを委ねます」

この苦痛は自ら望んだものであり、そして苦痛を与えているのはすがろうとする相手の炎帝その人である。だが、何も不自然とは思えなかった。この感情は何だ。

苦痛の向こう側に、奇妙な快楽がある。混濁していた意識が、少しずつ戻ってくる。これまで見えていなかった周囲が、また形を取り始めた。だが、これまでのものと違う。これまで、四方の音や光を捉えていた首から上の部分が、地に落ちているのだけが見えた。

「これは……」

「心配はいらん。今はぼんやりとしか見えていないだろうが、徐々にはっきりと見えるようになる。修練を積めば、以前と同じかそれ以上によく見えることになるだろう」

神仙にとって形はかりそめのものでしかない。それぞれの持つ術力や修練の程度によって自《おの》ずと決まってくる。

そしてようやく、戎宣は己の姿がどのように変じたのか実感をもって理解した。

「……首から上を落としたのですな」

「形が術力や修行の状態を表すとすれば、その大切な部分の多くを切り離したことになる」

確かに心気を凝らして万里の飛翔《ひしょう》を念じてみても、これまでのような力の漲《みなぎ》りを感じない。そしてすぐに疲れてしまう。皮膚から汗が噴き出すのを感じるが、それも自ら御することができず、ただ垂れ流しているような感覚である。

「不自由であろうな」

主の瞳には強い同情が宿っていた。

「私も弱き存在になったのですな」

炎帝の優しさには二種類ある。天地の万物は全てわが子として愛《いと》おしく思っているが、神仙とそれ以外には向ける心が違う。神仙に対しては、修行についての助言は与えるが決して手を貸さない。それ以外の弱き者たちには、甘いのではないかと思えるほどに助けようとする。

「今のお前はもはや弱き者だ。わしに古くからつき従い、神仙の多くからも敬される万里飛翔の天馬ではなくなってしまった」

「拠比をこの姿にした時も、そう思われたのですか」

「もちろんだ。だが少し異なる」

炎帝はつらそうに目を伏せた。

「まさかああなるとは」

「あそこまで弱くなるとは、ということですか」

「そうだ。軒轅の創った人というのは、水が主となっていた。わしは人というものの枠を創り、そこに拠比の魂魄を据え付けてどのようなものかを研究しようとした。すると、あのように力を失ってしまった上に、食物を口にしていないとさらに力を減じることに気付いた。これはいかんと創ったのが僕僕という神仙なのだ」

戎宣は炎帝が迷いの中にいると感じていた。

「それは燭陰などに伝えてあるのですか」

「いや、お前だけだ。恥ずかしいではないか……」

創造主は大きな失敗をしていたのである。

一僕僕の作る食事というものを一度でも口にすれば、拠比の失われた力を取り戻す助けになると思ったのだが」

「わしは好きですよ」

戎宣は一つ心配なことがあった。

「あの娘の食事を摂《と》るには口がいる。変化《へんげ》すればいい」

と炎帝に言われ、拠比のような人の姿を思い浮かべて変わってみる。するとやはり、首から上がない。あらゆる獣の姿に変わってみたが、どうにも食物を摂る器官ができないようだ。

「これは諦《あきら》めろということですか」

「ううむ、すまぬな。楽しみを奪ってしもうた」

「構いませぬよ」

ここまで力が下がれば、黄帝の壁を越えられるかもしれない。急に炎帝の存在が大きく感じられる。見た目の大きさだけではなく、前にいるだけで息苦しくなる。神仙の前に出たそれ以外の者がどう感じているのか、初めてわかった。

「気をつけてな。無理はするな。どのように挑発されてもなるべく戦うのは避けよ。そして何とか『一』の欠片《かけら》を、手掛かりでもいい。探し出してくれ」

炎帝も争いに発展するかもしれない、と考えているのだ。これまで長きにわたって手を携えてきた二人の至聖の間に争いの種があること自体、戎宣には悲しむべきことだった。

「炎帝さまと黄帝さまの争いなど、この天地には何の益もありません。そうならぬよう手を尽くしてまいります」

炎帝は黙って頷き、戎宣は工房を後にした。工房の外に出ると、燭陰や耕父たちが心配そうな表情で待ち構えていたが、戎宣の姿を見て一様に驚いた。

「それは何の冗談だ」

耕父は憤然として首の切り口あたりに触れようとしたが、戎宣は身をよじって避けた。

「これが炎帝さまにお願いした結果だ。何の冗談でもない」

仲間たちがこれほど巨大に見えるとは、と戎宣は体が震えそうになるのを懸命に抑えていた。

「どうした」

神仙というのは、これほどまでに奇怪に見えるのか、と驚く他ない。炎帝や燭陰たちが昔から知っている間柄でなければ、伏し拝んでいるか恐怖で気を失っていることだろう。

「そんな風に見えているのか……。心外だな」

正直に戎宣が言うと、燭陰たちは顔を見合わせて不満そうだ。

「ともかく、お前たちが天地にのさばっている存在であるという黄帝さまのお言葉にも、一理あるのかもしれんぞ」

納得のいかない顔をしている仲間たちを置いて、戎宣は歩き出した。

4

様々な形をした神獣や妖《あやかし》が満ちている天地であったが、首のない天馬というのは珍しかった。拠比たちと合流するまであまり目立ちたくないと考えた戎宣は、枝や草をくみ上げて即席の頭を作り上げる。蹄《ひづめ》が指のように使えるのは、以前のままだった。

炎帝の領域をゆっくりと歩みを進めていく。これほど広かったのか、と驚くばかりである。小さく弱く見えていた霊獣たちの大きさも様々ではあったが、炎帝や燭陰たち神仙よりも随分と親しみやすく思える。

「弱き者か……」

内心苦笑を浮かべつつ行くうちに、ふと足を止めた。じっと見つめてくる視線がある。これまでは誰に見られていようと気にすることもなかったが、今の姿ではその辺りの獣にもかなわない。

「食うつもりか……」

獣の中には他の獣を食うものもいる。食い、食われる中で獣たちの世界を維持する仕組みは実によくできている。どちらかが増えすぎるということはなく、天地にかける負担も少ない。

ふと、どうしてこの仕組みを神仙に使わなかったのだろう、と不思議に思った。だが、神仙同士が食いあうなど考えたくもない光景だった。

そんなことを考えているうちに、向けられる視線が増えてきた。風に漂ってくる匂《にお》いは何とか感じられる。肉食のもの特有の獣臭さがあった。

「窮奇《きゅうき》でなければいいが……」

神獣の中でもとりわけ凶悪な肉食のものを窮奇という。無数の牙《きば》はその一本が神仙のふるう霊刀の一撃に匹敵し、全身に生える毛はすべて武神の槍先にも劣らない、という。何より、目についた者を何でも襲い、腹が満ちていても殺すというのが始末に負えなかった。食いきれぬ獲物は枝に刺して干しておくという。

「もとはもう少し可愛《かわい》らしい獣だったのに、育ったものだ」

ひたひたと迫ってくる気配に閉口しながら、戎宣は逃げ道を探した。

「このわしが獣相手に逃げねばならんとはな……」

気配と匂いが強まり、どうやら相手は窮奇であることは間違いないようであった。

「わしの肉などまずいぞ」

と言いつつ、心気を凝らす。大きく力を殺いだとはいえ、神仙の証《あかし》である仙骨は内にあり、その輝きは小さいとはいえ健在だ。

「そういえば炎帝さまに壁を抜けられる程度に弱めてくれとお願いしたくらいで、実際にどれくらい動けるかはわからんままだったな」

炎帝の剣に首を落とされてからは、さすがに心身共に疲れ切っていたし、苦痛も後を引いていた。燭陰たちの前から早々に立ち去ったのは、圧倒的に力の差がついたことを見抜かれるのが恥ずかしい、という思いもあった。

戎宣の中にある仙骨は楕円《だえん》の美しい宝玉の形をしている。この形も神仙によって様々だ。己の似姿にしている者もいれば、戎宣のように宝玉にしていたり、文字通り骨として体に蔵している者もいる。

戎宣は速度をふいに上げた。ぐんぐん加速し、周囲の景色が後ろへ飛んでいく。だが、やはり以前よりはかなり遅い。背後に迫る気配は、殺気というより喜びに近いものだった。獲物を殺せる。そして食える、という歓喜と共に追ってくる。

神仙を前にした時とはまた違う恐れが全身の毛を逆立てた。だが、戎宣は落ち着いて小さく輝いている仙骨の光を少しずつ強めた。それに従って速さも増していく。

だが、不意に痛みを感じて足を止めた。気付くと胸のあたりに数本の棘《とげ》が刺さっている。窮奇は槍の穂先のような体毛を飛ばして獲物を捕えることもあるが、背後には十分気を配っていたはずだ。

足が鈍れば、窮奇の牙は脆《もろ》い体を容易に切り裂くだろう。神仙である限り死ぬことはないが、それでも延々と続く苦痛を好んで味わうこともない。

「仕方あるまい……」

仙骨の輝きは弱まってはいないが、外を覆う肉体と密に繫《つな》がっている以上、苦痛が続けば何が起こるかわからない。しくじれば動けなくなり、窮奇の餌食《えじき》となる。

ぐっと胸板に力を入れると棘が抜けた。棘に抜けにくいよう返しの小さな棘がついているため、引き抜けば多量の出血を伴う。だが、棘が刺さったままでは絶技に移れない。

「行くぞ！」

仙骨が輝きを増し、戎宣の周囲に風が集まる。以前なら余裕をもって放てた術も、この姿ではどの程度制御できるかわからない。

「ここで窮奇の餌《えさ》になるわけにはいかないからな」

四方は完全に囲まれた。窮奇の棘は傷を広げる。そして、毛先から出る毒が精力を奪っていく。戎宣が足を止めて嘶《いなな》きを上げると、その周囲に旋風が立つ。

「いつもよりは小さいな。仕方ないか」

窮奇は五匹いた。円を描くように戎宣を取り囲んでいる。

「わしは獣ではない。食ってもうまくないぞ」

本来であれば、神獣の類と神仙は心を通じさせることができる。だが、戎宣の力が減じていることと窮奇が食欲にとらわれていることでうまくいかない。

「あまり手荒なことはしたくないのだが、うまくいかないとわしも痛い目にあうからな。悪く思うなよ」

仙骨がひと際《きわ》光を放つよう意識を向けると、周囲の旋風も徐々に強さを増していく。

「術は使えるか……行け！」

跳躍して襲いかかってくる獣に向けて風が走る。鋼の棘が飛び散り、二匹が地に倒れ伏した。

「あと三匹、仲間の後を追うなよ」

という戎宣の願いもむなしく、牙を剝《む》いて襲いかかってくる。戎宣の周囲で渦を巻いていた旋風が窮奇に襲いかかり、その体を切り刻む。

「力に差があることを悟ることができれば、痛い目に遭わずにすんだものを」

傷ついた窮奇の群れの後ろに、小さな影が見えた。窮奇の子であった。

「お前の親兄弟を殺してはいないぞ」

全身の毛を逆立て、牙を剝いている。

「これからは相手を見て挑むよう伝えてくれ」

窮奇たちの様子をうかがいつつ、その場を離れた。

5

やがて、黄帝の壁へと近付いてきた。見えない壁がそこにあるのがかろうじてわかる。ゆっくりと歩を進めて壁に当たるうち、びりびりと体が震えるような感覚に包まれた。だが、以前のように弾《はじ》き飛ばされる、という恐れはなさそうだった。

だが、反応を感じるということは、この壁を設けた者にも気付かれているということだ。仙骨の輝きを今度は最小限にまで抑える。自分でも驚くほどに輝きが小さくなっている。

蓬萊の南の端に位置する炎天から朱天、乾いた大地であり、黄帝領の始まりである昊《こう》天《てん》、そして西北に上って幽天を経て黄帝のいる玄天へと至る。昊天は渇きと幽天には水が満ちていて神仙の数は少ない。しかし玄天には黄帝を中心として力のある神仙が多くいる。

もう一度そのあたりの枝などを細工して首を作る。

「怪しまれてはいかんが、窮奇のようなものに餌と間違われるのも災難だな……」

迷ったが、やはり作った首をかぶった。目のあたりから外を見られるように意識を整える。昊天に入ると急に暑くなる。木の枝を組んだ頭は日射しを遮ってはくれるが、ずっとかぶっていると熱がこもってくる。

「暑さ寒さの加減もできんのか」

できないことばかりが明らかになっていく。

神仙は寒暖辛苦から自由な存在である。そういう存在であることを忘れるほどに、自然から受ける苦難に縁がない。しばらく進んで首を外し、戎宣はため息をついた。昊天には高い木が少なく、木陰というものがない。

仕方なく日差しに焼かれている赤い大岩の陰に逃げ込んで、息をついた。するとそこに、先客がいた。

「なんと」

戎宣が前脚を上げそうになるほどに驚いているのを、その先客はくすくす笑いながら見ている。

「炎帝の翼ともいわれる天馬がなんという醜態だろう」

それはほっそりと小さな雪豹《ゆきひょう》であった。窮奇のような肉食の猛獣の姿をしている。だが、殺意と食欲に突き動かされる獣とは明らかに違う。

「……白仁子か」

「その姿でも私はわかるんだね」

手で顔を撫《な》でると、白い体毛が銀色に柔らかく輝く。戎宣は窮奇の槍先のような体毛を見た時よりも恐ろしかった。

「おっと、また黄帝さまに怒られてしまうよ」

ひとしきり毛づくろいを終えると、小さな雪豹は岩へと駆け上り、

「疾ッ」

と気合いをかけた。するとそこには、人の少女の姿があった。僕僕のような素朴な料理人といった風情《ふぜい》ではもちろんない。身軽そうな帷子《かたびら》に身を包み、細い剣を佩《は》いている。頭の後ろで一つにまとめられた髪は銀色に輝き、地に届きそうに長い。

「人の姿はあまり好きじゃないんだ」

子猫のように可憐《かれん》で、そしてどこか冷たさを帯びた声である。

「四真部の一人がこんな辺境で何をしている」

戎宣は周囲の気配を探りながら慎重に訊ねた。

「それは私がする質問だよ」

ゆっくりと近づいてくる少女から放たれる気配は窮奇など比較にならない。長年の研鑽によって培《つちか》われた術力は天地の理を身に蔵して限りなく思える。

これはまずい、と思ったが逃げようとするだけ無駄だった。

「天地は往来自由のはず。誰何《すいか》されるいわれもない」

戎宣の言葉に白仁子はのどを反らせて笑った。

「こんな辺境で何をしている、と初めに言ったのはお前だろう」

「そうだった」

ははは、と掻こうとする頭がそこにはない。

「何をしている、という問いもあるが、それよりも奇怪なのは、どうしてお前がそんな姿をしているか、ということだ」

白仁子は怪訝《けげん》そうに問う。

「その問いはわしもしたいところだな」

先だっての黄帝もそうだったが、どうして四真部と呼ばれる黄帝の股肱《ここう》の臣たちも同じく人の姿をしているのか、それが不思議だった。

「あまり好きではないのだろう？」

まあな、と白仁子は周囲の様子を確かめると、豹の姿に戻った。

「黄帝さまには言うなよ」

「わからんぞ」

「貴様、炎帝さまの使いとしてきたのか。いま黄帝さまは炎帝さまと交渉する要を認めておらぬ。早々に立ち去るがいい」

「使者が単身で来るか？」

「では何の用だ」

「探し物だ」

それは何かと訊ねられて、拠比と示し合わせた通り、

「幻の食材を探しているのよ」

嘘《うそ》をついた。

「自分の首より先にか。酔狂だな」

「究極の美味。心当たりはないか？」

じっと戎宣を見つめた白仁子は、ふんと鼻を鳴らした。

「それにしても何だ、その姿は」

「これも探している。何者かに奪われてしまってな。こちらで見かけなかったか？」

白仁子が一瞬、視線を逸《そ》らした。

「見かけるわけがないだろう。ともかく、お前は仙骨の力を失うほどの打撃を受けて首から上を失って、どのように姿を変じても首から上はないし、力も半減以下というわけか」

「そうなのだ。何とかして首を奪った者も見つけ出さねばならん」

「天地の半ばを占める炎帝さまの領域にはいなかったのか？」

「そのような力を秘めたものを見逃すと思うか？」

それもそうだな、と白仁子は頷く。

「気の毒なことだ。お前が失った力は……員の奴《やつ》が天地を何十万周と巡るほどの修行に匹敵する。仙丹を錬成するにも、その姿では思うにまかせまい」

深い同情を見せた。

「黄帝さまがどうして壁を設けられたのかはわからないし、そのご事情を探るつもりもない。わしはただ、失ったものを取り戻したいだけなのだ」

白仁子はもう一度値踏みするように首のない天馬を見た。

「ううむ……。ただ、黄帝さまはそちらの神仙を入れたくない事情があるし、それはお前に教えるわけにはいかない。そして探ってはならない。もしそのような素振りを見せたら……」

腰の剣を抜いて突きつけた。

「これでお前を氷漬けにして粉々に砕いてくれる。今のお前などたとえかつては炎帝さまの腹心であったとしても、封じることなど簡単だ」

「わかっているとも」

戎宣は大人しく礼を述べる。

「ところでその姿」

飄々《ひょうひょう》とした口調の戎宣は、先ほどの疑問をもう一度口にした。

「黄帝さまがそうせよと言うから」

「黄帝さまの命によって人の姿をしているということだな」

そうだ、と白仁子は頷いた。そう言って手のひらを上に向けて手を伸ばすと、戎宣は身震いをした。恐怖によるものではなく、実際に冷えたのである。そして白仁子の周囲にきらきらと氷片が踊り始め、それが徐々にある形へと変わっていく。

「飲まないとやってられない」

雪は氷へと変わり、大きな盃ができあがった。

「おい戎宣、酒はないのか」

「この姿では飲めないのでな」

「仕方のないやつだ」

言いつつ岩陰をごそごそと漁《あさ》ると、甕《かめ》を一つ取り出した。ごく小さいものだが、大きな盃を満たしても空になる気配はない。

「酒は玄天のものより炎天の方がうまいな。酒には遊びがなければならない」

縁いっぱいにまで注がれた酒を一切揺らすことなく、口元まで運んだ。

「その酒、鉄拐《てつかい》のものだな。どうやって手に入れた？」

「先だって黄帝さまがそちらを訪れた時に、お付きの一人にこの甕いっぱいに入れてくれるよう頼んだんだ」

得意気に甕を振って見せる。ちゃぷちゃぷと軽い音が外には漏れているが、中には大きな湖を満たすほどの酒が入っているはずだ。戎宣はふと気になって、酒の代価に何を与えたのか訊ねた。

「ああ、そのことだが……」

白仁子は急に落ち着きを失った。

「玄天の西北隅にある嬰垣《えいがき》の花園にある麹花《きくか》というのを取って来てくれと鉄拐に頼まれているんだ。何やら新たな酒を作る助けになるというのだが」

「黄帝さまと炎帝さまの間を通ることができない、と」

恐らく、炎帝側の神仙と勝手に連絡をとることもできないのだろう、と戎宣は考えた。

「白仁子、お主のような高位の神仙がこっそりこんなところにいる理由、わかったぞ」

神仙が何かをやり取りするとき、約定を違《たが》えないよう契《ちぎ》りを交わす。その契りは誰かを介して行ってもよいが、互いに合意した後は、その約束を必ず果たさなければならない。

「こういう事情だから、先延ばしでも良いのではないか」

「我ら神仙の誓いは互いの仙骨を縛ることはよく知っているだろう」

白仁子は苛立《いらだ》ちをあらわにして言った。

「わしのようになってしまうかもな」

約定によって仙骨に絡《から》みついた鎖は、時間と共にその神仙の力を奪っていく。戎宣の言葉に白仁子は身震いをした。

「玄天で麴花を探して、鉄拐のもとに持っていく。その代わり、あんたはわしが黄帝さまの領域でなくした首を探していても文句は言わない」

白仁子はしばし迷っていたが、頷いた。

「話は決まったな」

戎宣は地に古式に則《のっと》って九誓図を描く。老君が産んだ天地の中央に蓬萊があり、その周囲に八つの大地が位置している。

「天地に誓いを立てよう」

「よし」

戎宣と白仁子は蓬萊を図式化した円の中央に蹄と手を置く。図がきらりと白い光を発して、二人を包み込み、そして消えた。

「これで少し安心した」

白仁子はほっと胸を撫で下ろしたが、戎宣にぴたりと指を突きつけた。

「くれぐれも妙な真似《まね》はするなよ」

「神仙の約定に念押しは野暮だぞ」

にやりと笑って去っていった白仁子を見て大きく安堵《あんど》のため息をもらす戎宣であった。

よし、これで出入りする自由は得た、と戎宣は内心ほくそ笑んだ。

「首を探す、ということなら良いのだな……」

白仁子が一陣の吹雪となって姿を消すのを見送りながら呟《つぶや》く。昊天のような熱く乾いた場所は、白仁子の苦手とするところだ。その苦手な場所にわざわざいるのだから、鉄拐と交わした契りがよほど気になっているらしい。

そのあたりを鉄拐にも聞きたいし、黄帝側の神仙が壁の向こうでは人の姿を命じられていることも不思議だった。そして、黄帝が頑なに意図を隠していることについても、相談せねばならなかった。

小さくなってしまった仙骨の輝きをさらに落として、見えない壁をゆっくりと越える。この壁は神仙としての力を解放するほどはっきりと見えるようであった。

境を越えて炎天の穏やかな気の中に戻るとほっとする。蓬萊の恵は遍《あまね》く天地に広がっているはずだが、やはり相性はある。

なじみのある風景の中でふと気を緩めていると、草原の向こうに二つの影が見えた。燭陰が竜のような長大な体を柔らかな草原の中に丸め、陽光の下でまどろんでいる。その向かい側には老いた虎のような姿で杯を舐《な》めている耕父がいた。

戎宣が近づいて行くと、

「もう帰って来たのか。足は遅くなっていないようだな」

と耕父がからかうような口調で言った。

「遅くなったのはわかっているだろうに」

「黄帝さまには会えたのか？」

「境を少し越えたところで帰って来た」

「四真部あたりの邪魔が入ったのか」

「当たらずとも遠からずだ。その四真部の一人の白仁子が出てきたのは違いないのだが……」

事情を聞いた二人は笑い、そして顔を見合わせた。

「壁ができる前に代価を支払っておけばよいのに。四真部ともあろうものが間の抜けたことをするものだ」

「そうかな」

耕父は嘲笑《あざわら》ったが、燭陰はもう一段慎重だった。

「わざとかもしれん。戎宣に敢《あ》えてこちらと往復させて使者の用を足させようというのかもしれん」

「いや」

黄帝の意図は全く明かされず、それを探ることも許されないことを告げると、

「では本当に鉄拐との契りを守りたいだけなのかもしれんな。四真部とはいえ、神仙の契りから自由ではないし、人の姿をとらされて力を制限されては不都合も多かろう」

燭陰は納得したように頷いた。

「しかし黄帝さまについて探るのを禁じる、と契りを交わしたのであれば、戎宣も自由には動けまい」

「そこで一つ炎帝さまにお願いしたいことができてな。それに、お前たち二人にも動いてもらいたい。黄帝さまが壁を作ったからと言って、交渉を閉ざしてはならない。黄炎のお二人の間に溝がある状態は、決してよいことではない」

戎宣は、やはり西王母の力を借りるのが良いと言うと、燭陰たちも頷いた。

「あのお方は争いを厭《いと》われるし、どちらかに加担したと思われるのもおいやだろう」

「とはいえ、天地三聖の一人がこの事態を黙って見ているとも思えない」

「つまり、黄帝さまが壁を閉ざしていても、西王母さまを通じて窓は開いておこうというわけか。俺もそう思う」

だが、三人が炎帝のもとへ向かうと、背中を向けて実験を続けたまま返事もしてくれなかった。あまり感情を表に出さない炎帝であるが、実験に没頭している様子でもなく答えないのは、不機嫌な時の証である。

「炎帝さま。我らの言葉に諾否だけはいただかないと、ここから動けません」

　戎宣は静かに声をかけた。

「ならば動かなければいいではないか」

　どこか駄々をこねている童《わらわ》のような口ぶりである。

「それぞれが務めを思って働いているのだ」

「しかし、炎帝さまとの連絡を絶つなど尋常なことではありません。たとえ天地のためを思ってされていることだとしても」

　耕父は拳で床を叩《たた》きつつ訴える。

「軒轅のことなら、もう言うな。あいつも愚かではない。拠比と僕僕が向かって、戎宣がそれを補うのであれば十分だ。西王母に厄介をかけるのは嫌だ」

「今の彼らだけでは心もとないのです」

「まだ軒轅の行いが元で何か災いが起きたわけではない」

「起きてからでは遅いのです」

「もし起きても」

　炎帝は初めて実験の手を止めて三人の方に向いた。

「わしが何とかする」

「何とかすると仰いましても……」

耕父はさらに言い募ろうとする。

「わしに生み出せないものはなく、天地に何が起ろうともその災厄を収めるための存在を創ることができる」

「ことによってはあの人というものを滅ぼす……」

「拠比たちに任せよ」

全て言わせず、炎帝から怒気が放たれ、工房が揺れた。耕父が青ざめ、冷汗を流している。力を失っている戎宣は意識が薄れそうになった。神仙が恐怖を感じるのは滅多にない。三聖の怒り、ただこの時だけである。

だからもう言うな、と炎帝はそれ以上の質問をたち切り、再び背中を向けた。もはや戎宣たちがどう声をかけても、応じてくれなかった。仕方なく立ち上がった三人は、工房の外に出てため息をつく。

「やはりどこかで黄帝さまを信じていらっしゃるのではないか」

耕父の言葉に二人も頷くしかなかった。

「行こう」

燭陰が二人に目配せし、工房の外へと出る。三人は肩を落とし、頭を垂れ、しばらく何も言えないでいた。

「これ以上何もするな、と言われてもな」

三人は古い神仙である。この天地がこれほど豊饒《ほうじょう》でなかった頃から、炎帝を支え助けてきた。黄帝ともその腹心たちとも長い付き合いである。お互いに理解していると信じていたいのは、彼らも同じだ。

「あちらは本当に一枚岩なのか。俺たちのように疑念を抱いている者もいるはずだ。戎宣、白仁子の様子はどうだった」

「人の姿になっているのは気に食わないようだったが……」

少なくとも、黄帝の命に不満を持っているようには思えなかった。

「よし」

長い沈黙の後、燭陰が意を決したように言った。

「やはり私が西王母さまのもとへ秘《ひそ》かに赴いて、こちらの考えを伝えてくる」

「炎帝さまの許しを得ずともよいのか」

炎帝に激しい言葉をぶつけていながら、三人の中で炎帝の意向をもっとも気にしているのは耕父だった。

「何とか動かそうときつい物言いをしたが、炎帝さまを怒らせただけだったな……」

悄然《しょうぜん》としてため息をついている。

「黄帝さまが天地を思って動いていると信じていなさるように、お前の心もおわかりのはずさ」

燭陰がそう肩を叩いて励ました。耕父は長大な燭陰の頭の上にぴょんと飛び乗った。

そして戎宣にも乗れと促す。だが、

「西王母さまを巻き込むのに反対なのは、炎帝さまと同じなんだよ」

と渋った。西王母が治める地である鈞天《きんてん》は、他の二聖に比べるとごく狭い。蓬萊の峰は高く裾野《すその》は広大ではあるが、それでも黄帝と炎帝の領域には遥かに及ばない。

二人の間にあって蓬萊の山を司り、その双方と等しく親しく、また距離があるのが偉大なる母神、西王母である。これまで黄炎の間柄が平穏であった時も、どちらかに偏《かたよ》って親しくする、ということはなかった。

「仲立ちをしてもらえるかな……」

「あと、鈞天には黄帝さまが派した神仙も何人かいるはずだ。もし西王母さまに仲立ちを断られたとしても、彼らと話すことができればあちらの考えも探れる」

「それは一理あるな……。だが、わしはこのように仙骨の力を失っている。蓬萊の中腹にある鈞天の都まで登れるかどうか」

燭陰が大きく口を開き、ふわりと大きな泡を出した。

「この中にいれば濃密な気の中でも心配はいらん。耕父は俺の頭の上に乗っていけ」

そう力強く言うと、地を蹴《け》った。

7

蓬萊の山は、遥かに高き頂を一つ持つ独立峰に見える。だが、近づけば稜線《りょうせん》に無数の小さな峰があり、それぞれに神仙が住んでいるのがわかる。

「鈞天に行くのは久しぶりだな」

耕父がぽつりと言った。

「ここしばらく鈞天を訪れるような用事もなかったからな……」

炎帝が創り、西王母が産み、黄帝が秩序を与える、という流れができて既に長い時が経《た》った。それが当然と思っていた流れに変化が現れている。

「楽しくないか？」

戎宣は言ってみたが、耕父は難しい顔をしているのみであった。

「俺は……ちょっと楽しいかな」

山を取り巻く雲の塊を避けながら燭陰は言った。

「何が起こるのか、黄帝さまが何を起こそうとしているのか、という興味はあるな」

「軽々しく言いおって」

耕父がぺしりと乗っている燭陰の頭をはたく。

「俺は怖い。何者かがそそのかしているのではないか、とすら思う」

「黄帝さまをそそのかす、って四真部あたりがか？」

戎宣はあの志操堅固な黄帝が誰かの言葉で動かされるとは思えなかった。広大な裾野をゆったりと巻くように、燭陰は飛んで行く。長大な体を持つ彼だが、蓬萊の峰からすればごく小さい。

「久しぶりに山近くの気を吸うが、やはりいいものだな」

燭陰と耕父は目を細めているが、戎宣は高度を上げるごとに濃密になっていく山の気にもはや恐れをなしていた。

「この泡、大丈夫なんだろうな」

「そうそう割れることはないよ」

という時、目の前から何かが飛んできた。燭陰がとっさに身をよじって避けるが、戎宣は反応できず落ちてしまう。

天馬の彼であれば容易に宙を蹴り、濃い山の気の中でも自由に飛翔することができる。だが、燭陰の泡の中では姿勢を直すこともままならず、雲の塊にぶつかっては錐《きり》揉《も》み状に落ちていく。

「燭陰のやつ、厄介な物を」

悪態をついていると、目の前から何かが迫ってきた。きらりと光芒《こうぼう》が視界を掠《かす》め、次の瞬間には燭陰の泡が弾け飛ぶ。泡がなくなったことで姿勢を取り戻した戎宣は、二回目の攻撃を仕掛けてくるそれを見据える。

ぴいふぁん、と鋭い声で鳴くその鳥は黒い羽根をはばたかせて迫ってくる。以前であれば簡単に引き離せる霊鳥であるが、全力の戎宣と速さは変わらない。

「くそ、喉《のど》が詰まる……」

山の気が濃過ぎて苦しい。燭陰の泡は確かに自分を守ってくれていたらしい。

「鳥の腹の中でしばらく過ごすことになるのか……」

と観念しかけたところに、空の一画が突然閃光を発した。畢方《ひっぽう》、と鳴きながら怪鳥は逃げ去り、雷光を発した雲が戎宣を包みこんで助ける。

「耕父か、助かったよ」

「本当に弱ってしまったんだな」

雲の中から燭陰の新しい泡を取り出した耕父は、頭のない肩のあたりからかぶせてくれる。これでかなり楽になった。

「燭陰は？」

「西王母さまの元へ通じる空の様子を見に行った」

「こんなに荒れていたか」

耕父に導かれるように、少しずつ高度を上げていく。燭陰の背に乗っている時はわからなかったが、山の周囲は平穏とは言い難かった。

もちろん、神仙以外の者の母である西王母の住まいは、生の気配に満ち溢れている。だが、以前訪れた時は畢方の鳥もここまで乱暴ではなかった。

「わしが力を失ったせいかな」

と戎宣が言うと、耕父は首を振った。

「俺も長く山を訪れていなかったからそう感じるのかと思っていたが、燭陰も様子がおかしいと言っていた」

「山から煙を噴いたのをわしらも見たからな」

炎帝が実験に失敗して工房が爆発することは珍しくないが、鎮《しず》まって久しい蓬萊に動きがあるのは珍しい。やがて燭陰が戻ってきて、二人を頭の上に乗せた。

「荒れているな」

と首を振りつつ言った。

「あまり首を振らんでくれ。また落ちてしまう」

燭陰は首を止め、鈞天の女王がいる場所へは霊獣や怪鳥の類《たぐい》が溢れていたとこぼした。

「我が領域であれば少々手荒なことをしても道を開けてもらうのだが、西王母さまのおひざ元となると乱暴なこともできなくてな」

驚かせたり諭したりしてようやく下がってもらったという。

「大かたは賢いのだが、時に頭に血が上っているのがいて、穏やかにやりすごすのに手間取った。後で西王母さまに叱《しか》られたらお前たちからも口添えしてくれ」

やがて燭陰たちの行く先に、緑の葎《むぐら》が見えてきた。それは見る間に大きくなり、広大な森林であることが見て取れるようになる。それは桃の巨木の集まりであった。

西王母のいる場所は蟠桃宮《ばんとうきゅう》と呼ばれる。炎帝や黄帝に生み出されたもののうち、神仙として存在することを許された者は、西王母だけが育てることのできる蟠桃を口にする。これは神仙が身に蔵した仙骨に永遠の力を与えるものとされている。

炎帝や黄帝の周囲のように、多くの神仙が庵を結んで修行している、という風ではない。ごくわずかな近侍の神仙に身の回りの世話をさせる他は、ほとんど臣下を持たずに暮らしている。

その代わりに、蟠桃宮は無数の巨木に囲まれている。この木々は古い神仙である戎宣が生まれる前から蓬萊の山肌に聳《そび》えていたという。

「お前はどの木だ」

耕父は一本一本木の幹に触れて何かを確かめ、足を止めた。

「俺はこれだ」

西王母の蟠桃の実は八万と八千回、員神の朝日を浴びなければ熟さない。仙骨は神仙に途方もない時間を与えてくれるが、天地と同じ不老不死を保証してくれるのは、この蟠桃のみである。

そしてこれほど巨大な木なのに、実をつけるのはたった一回なのである。

「懐《なつ》かしいな……」

耕父があたりに漂う甘い香りを吸い込んで嘆息した。

「ここで桃の実を口にした時のこと、今でもよく憶《おぼ》えている」

それは厳粛な儀式である。炎帝が精魂を込めて錬成した仙骨をもとに、一人の特別な存在が生まれる。炎帝によって神仙として生きることが認められると、西王母のもとへと遣わされる。

そして彼女が承認して初めて、蟠桃を口にすることを認められる。空腹を覚えず、食事というものをとらない神仙にとって、これが最初で最後の食事であり、その時にこれ以上ないほどの味の愉楽を与えられるのだ。

「戎宣よ、お前は僕僕の作る料理がうまいというが、そんなことでよく蟠桃の味に引きずられなかったな」

耕父は木の幹に触れつつ言った。

「それはもう、たまらなかった」

その実を口に含んだ瞬間を、戎宣ははっきりと思い出すことができた。口中に広がる蜜《みつ》は舌先から歯茎の隅々まで甘やかに包み込み、全ての感覚をとろかすように蠢《うごめ》く。

「あのような快楽であれば、流される者が多いのも理解できる」

黄帝や炎帝が認めても、この幡桃の味に負けて己を失う者がいる。そういったものは霊獣や妖となって天地へと放たれるのである。

「わしのはこれだ」

耕父のものとほとんど太さの変わらない大木の前で、戎宣は足を止める。見上げれば、遥かな高みに緑の葉が重なり合うように揺れており、その間から陽光がこぼれ落ちている。

「なんとも心の安らぐ場所だ」

仙骨に取り込まれた幡桃の精髄が、故郷に帰って来たことを喜んでいるようだ。このまま膝を折って眠り込んでしまいたい。そう思うほどの安らぎである。

燭陰も一本の大木を見上げていたが、

「今は幡桃の思い出にひたっている場合ではあるまい」

と声を励まして言った。

8

木々はさらに大きく多くなり、耕父や燭陰ですら口をつぐんでしまうほどの神聖な気配を湛《たた》えて静まっている。

「燭陰の泡がなければ息が詰まっていそうだな」

戎宣の言葉に燭陰が頷いた。

「炎帝さまや黄帝さまの前にいるのとはまた違う気配だな」

神仙に不滅の命を与え、そうでない者には殖える力を与える全ての母の前に立つ緊張感は、一種独特のものであった。嬉《うれ》しく、また恐ろしい。

「おい……」

耕父が何かに気付いて指さした。

「人がいるぞ」

若い人が一人、戎宣たちを見て微笑《ほほえ》んでいる。

「いや、あれは人じゃない」

姿は人間であったが、気配を見れば神仙であることは明らかであった。

「計見《けみ》、お前そんな姿で何をしている」

歩み寄りつつ耕父は訊ねた。計見は西王母の古い従者の一人で、その神仙としての古さは戎宣たちにもひけを取らない。

「西王母さまの命ですから」

銀鈴の鳴るような妙なる声で答える。

「もしや、黄帝さまの意向に従っているのではあるまいな」

耕父の言葉に計見はむっとした表情を浮かべた。

「わが母が誰かの意向に左右されるとお思いか。黄帝さまの意向を探るために、西王母さまが私に人の姿をとるよう命じられたのです。ですがそれは外見だけのこと。何か文句でも？」

「い、いや悪かった」

慌《あわ》てて謝る耕父を見て燭陰は笑った。

「姿は変わっても計見には弱いな」

「こいつの宝貝はたちが悪いからな」

計見がにやりと笑うと、その周囲にひらひらと何かが舞い始めた。黄金色にはばたく薄い羽を持つ蝶《ちょう》が、無数に少女を取り巻いていく。

「おいおい、やめろ……」

と逃げようとする耕父の周囲を蝶が囲むと、その中央でぱちぱちと小さく乾いた音が連続した。走り回って逃れようとする耕父の姿は蝶の嵐《あらし》の中で見えない。

「計見よ、その辺にしておいてやってくれ。そこまで怒るようなことでもあるまい」

戎宣がとりなすように言うと、蝶たちはぴたりと動きを止めて計見のもとへと戻る。再び姿を現した耕父はその鋼の体を真っ黒に焦がして口から煙を噴いている。

「そこまで怒るようなことではない、そう仰いますか」

人の姿でも、中にある仙骨によってその迫力は変わる。白仁子でもそう感じたが、計見でも変わりはないようだ。大きく力を減じている拠比や、ほとんど術力を使えない僕僕の方が特殊なようにすら思える。

「もし怒りの源が我らにあるならぜひ教示してくれ。壁によって理解の道を閉ざされているのが、黄帝さまの他に増えるのはごめんだ」

「あなたたちが諍《いさか》いを起こすことで、西王母さまがどれほど心を痛めているかおわかりか。私に怒りがあるとすれば、その一点のみ」

戎宣たちは顔を見合わせた。

「黄帝さまと諍うつもりなど毛頭ない」

黒焦げのまま耕父が言う。

「あちらが一方的に文句をつけ、こちらが戸惑っているうちに壁を作って道を閉ざしてしまったのだ」

「一方的？」

ふん、と怒りを収めぬまま計見は戎宣を睨《にら》んだ。人の姿、というのはどうにも馴染めなかったが、力を伴っていれば美しいものだ、と感心して見ていた。計見の本来の姿は巨大な蝶である。

その鱗粉《りんぷん》は天地始原の雷光の力を秘めており、ひとたびその中に取り込まれれば光と熱の迷宮の中にいることとなる。無敵の肉体を持つ耕父といえども、その熱と光には長く耐えられないのだ。

「あなたも私の雷光蝶の中で目を覚ましたいのですか」

「我々はそんなにずれたことを言っているか」

戎宣からすると、計見の怒りが意外だった。

「やはり、炎帝さまが天地の力を浪費しているとお怒りなのだな」

「だから私もこんな姿をとることになっている」

計見はきらびやかな衣の裾を摘《つま》んで見せた。

「似合っているようにも思うが……」

少女の周囲に再び蝶が舞い始め、戎宣は慌てて取り消した。

「この姿でいると、かなり力を押さえられているように感じる」

計見はため息をつきつつ、指先に一匹の雷光蝶を止まらせた。

「この子たちの美しさも今一つ。私はそれも腹立たしい」

「だが計見よ、先だってお山が煙を噴いたのは炎帝さまの実験が失敗したからではないぞ」

計見はしばらくじっと戎宣を見つめていたが、

「その姿、快適か」

と真面目な表情で訊ねた。

「快適ではないし、色々と不便でかなわん。お山を登るだけで息が詰まる」

「ふむ……」

計見は首のあったあたりに触れた。

「首のない姿になるのが良いのか、このようなとりとめのない姿が良いのか……」

耕父がようやく焦げを振り落としてやってきた。

「俺は嫌だな。どんな姿もいいが、計見の言う通りどうにもとりとめのない感じだ」

燭陰と戎宣は人の姿が嫌いではなく、耕父と計見は好まない、という話になった。そこで燭陰がはっと我に返った。

「人の姿がいいの悪いのという話をしている場合ではない」

本題を話すと、

「それは西王母さまご自身に願ってくれ。私には判断できない」

「鈞天と黄帝さまの領域の間に壁はあるのか」

戎宣の問いに計見は頷く。

「いま私がしている姿の人、というのをもの凄《すご》い勢いで増やしつつある、ということは摑《つか》んでいた。あの生き物は西王母さまが殖える道筋を整えたわけではない」

それに戎宣たちは顔を見合わせた。

「西王母さまの教えなしに殖えているだと？　そんなことが可能なのか」

「出来ないことはないだろうが、それは三聖の約束に違う。黄帝さまも己の役に立つ神仙を創りだしてもよいが、天地に多く殖えるものは西王母さまの導きを得なければならない。それは天地の平衡を崩さぬための欠くべからざることだ」

「黄帝さまの生み出したその生き物が、天地の平衡を崩していると西王母さまはお考えか」

戎宣は炎帝への誤解が解ければそれでよい、と思ったが、計見の答えは否《いな》だった。

「明らかに天地を弱らせているのは我ら神仙だろう」

と苦い顔で言う。

「炎帝さまの日々の行いは確かに天地の気を膨大に使っているだろうが、それも天地に満ちる気と比べれば少ない。そして、我ら神仙に比べれば、他の獣や草木が費やす天地の気など微々たるものだ」

戎宣は、神仙の役割こそが天地を育てるものであり、蓬莱の変化も成長の過程なのではないかと考えていた。

「我ら神仙が修行を積むことで力を増し、天地を押し広げ、そして万物で満たしてきた。黄帝さまは務めに背を向けているように思える」

「私には黄帝さまの思いまで読み取ることはできない」

計見は無表情に応じた。

「だが西王母さまに取り次ぐことはできるだろう？」

木立の先に幡桃宮が見えてきた。木々を精緻《せいち》に組んだ産屋《うぶや》からは、この日も多くの生き物が新たに殖える力を与えられて天地へと旅立っていく。

「先に行って謁見《えつけん》の許しを得てくる」

計見は蝶の羽をはばたかせて宮殿の中へと姿を消した。蓬萊の山肌を切り拓《ひら》いて築かれた宮殿は広大だが、それでも山のごく一隅を占めているに過ぎない。

「あの幡桃宮の奥にはこの天地で最も大きな気口があるというな」

燭陰は山の気を大きく吸い込んでうっとりとした表情になった。

「命の源、種の母である西王母さまの力の源はこの蓬萊山そのもの。山の頂から天地に遍く降り注ぐ恵みだけでなく、山のあちこちにあいた気口も大切な修行の場だ」

「わしはもう無理だがな」

戎宣はない首を振る。濃密過ぎる山の気でも大変なのに、気口の前に出たら押しつぶされてしまう。

「憐《あわ》れなことだ」

「またそのうち修行に励むさ。今の騒動が何とか丸く収まればいい」

「その時は手伝うよ」

燭陰と話しているうちに、計見が青ざめた顔で戻って来た。

「西王母さまの姿がない……」

三人は言葉を失って立ちつくす他なかった。

「どうする……」

困惑している燭陰に戎宣は、拠比たちのもとに向かうと告げた。

「では我らは炎帝さまのもとへ戻る。昊天との境までは送ってやるから。拠比たちにこのことを伝えてやるのだろう？」

「知らせておくに越したことはない。炎帝さまのお考えを承ったらこっそり使いを寄こしてくれ」

青ざめたままの計見に鈞天の平穏を保つように頼み、燭陰たちは幡桃宮を後にした。

第四章

1

今日の献立は～、と僕僕が歌いながら楽しげに竈《かまど》に火を起こしている。拠比はそれを見ながら、肘枕《ひじまくら》をしてまどろみそうになっていた。乾いた大地である昊天《こうてん》に入って数日が経《た》つが、ほとんど進んではいない。

進まない理由は二つある。僕僕の足が遅いのもさることながら、百樹たちにたかられていた村の娘、昔花がどうしてもついてくると言って聞かず、結局道連れになっていることが一つ。

「こんな風にして食べるんだ……」

昔花が竈の上を軽やかに舞う鍋《なべ》を見て目を丸くしている。

「食事って生か干すか湯で煮るかくらいしか知らない」

小袋に分けられた調味料の数々にも驚く少女に、僕僕は一つ一つ、これは八角、これは山椒《さんしょう》、と名前や味、使い方まで説明している。歩いている途中も、これは食べられる、これはどう料理する、昔花が訊《たず》ねるだけ答えているので、まったく旅程がはかどらないのだ。

「拋比が中々おいしいって言ってくれないからね」

僕僕が言うこともわかる。拋比は変わらず、僕僕の作る食事を摂《と》らなければ一日と動けない。食べることは義務なのだと自分を叱咤《しった》して口にしている拋比の表情は硬いらしく、それが気に入らないらしい。

僕僕は鍋からひと匙《さじ》すくってふうふうとさまし、昔花の口に入れてやる。しばらく熱がっていたが、

「おいしい！」

と頬に手を当てて喜んだ。おいしい、という感情と言葉は、人であれば誰もが持っているらしい。今までそれを口にしたのは、

「近くの森にある杏《あんず》の実が熟したのを食べた時だけかな……」

甘い、という感覚は何よりも素晴らしいものらしく、僕僕の料理を口にした時以上のとろけた表情になる。それを見て、僕僕はさらなる闘志を燃やしているようだ。

「よし、これでいこう」

昔花は僕僕の作るものであれば何でも舌に合うらしく、一口含んでは満面の笑みを浮

かべている。拠比はそれがちょっと羨《うらや》ましい。

「さあ、できたよ」

椀《わん》を一つ、皿を一つしか食器は使わない。だが、一皿平らげるたびに、次々に出てくる。昔花は小柄な少女なのに、拠比の倍の速さで食べ終わり、次々と催促をする。

「はいはい、もうちょっと待って」

鍋を振る手つきも鮮やかに、僕僕は主菜、湯《タン》と出し終えて額の汗をぬぐった。いただきます、と手を合わせた昔花は猛然と食べ始める。

「もう少し味わって食べなよ」

僕僕は呆《あき》れているが、嬉《うれ》しそうだ。

「味は感じてるんだよ」

頬にいっぱい詰め込んで答える。

「口の中にものを入れてしゃべるんじゃない」

慌《あわ》てて咀嚼《そしゃく》して飲み込んだ昔花は、どうしてと訊ねた。

「見苦しいだろ？　キミたちは食事の時嚙《か》みながら喋《しゃべ》っていたのか」

「見苦しい、のかなあ。よくわからないけど、僕僕ちゃんが言うならそうするよ。大体、私たちは食事っていっても毎日毎食同じものだったし、普段は味なんて感じることもなかったし……」

しょんぼりと肩を落とす。

「こういうのを父ちゃんや母ちゃんに食わせてやりたいな」

「なら、材料の手に入れ方と料理の仕方を学べばいい」

「教えてくれるの？」

「もちろん」

「じゃあ昔花はボクの弟子……」

と言いかけたところで拠比は待ったをかけた。

「神仙が神仙以外の者と師弟の契《ちぎ》りをしていいのか。お前は俺の『対』だろう」

「炎帝さまが駄目って言ってるの？」

「言ってはいないが」

問われて逆に拠比も困った。これまで神仙同士が互いの力を学びあうために師弟の契りを交わすことはあった。修行の階梯《かいてい》や作ることのできる仙丹の力の大小で、どちらが師になるかが決まる。

ただ、炎帝が神仙以外の者と師弟の契りを結ぶな、と言った記憶は拠比にもない。そもそも、神獣や妖《あやかし》の類とは従属させるか退治することはあっても、互いに何かを学ぶ、ということはなかったからだ。

「拠比さん、やきもち焼いてるんですか」

ふと昔花が言った。

「餅《もち》など焼いていない」

「いえ、そうじゃなくて……」

やきもちの意味を説明された拠比は憤然として、

「まあ、いいんじゃないか」

と頷いた。

「拠比がいいって！」

振り向いて大きな声で喜ぶ僕僕を見て、拠比は内心焦《あせ》りを覚えた。僕僕は術力をほとんど持たないとはいえ、一応炎帝が創《つく》りだした神仙ではある。

「いや、後で怒られても知らないぞ」

「拠比ともあろう神仙が、そうやって投げ出すの？」

そう言われると、拠比も後には引けない。

「わかった。俺が保証する。だが相手は神仙ではないのだ。用心して教えるのだぞ」

「用心って、何を？」

同じ神仙であれば、互いの術力の差を見ながら修行をするのだが、相手が人となればどうしていいのかわからない。

「ともかく……用心するんだ」

そう言う他ない。僕僕と昔花は顔を見合わせ、手を打って喜び合った。

2

何をするにも、僕僕は昔花と一緒でないと気が済まないようで、竈を囲んで食材や調理法について仲良く話している様は、実の姉妹のようである。その姉妹があれが欲しい、この食材がいる、というので実際に働くのは拠比であった。

こんな事をしている場合ではないのに、とため息も出るが食わなければ動けないのだからどうにもならない。

「俺たちは飯の工夫をするために旅をしているのではない。もう少し急ごう」

食事の後でそう言っても、あまり説得力はなかった。昊天の日射《ひざ》しは強く、空腹はすぐにやってくる。自分が水の神仙で本当に良かった、と拠比は産みの親である炎帝に感謝していた。

どれほど乾いているように見えても、この天地には潤《うるお》いが満ちている。ごく狭い部分の水を使いきったとしても、少し導いてくれれば水は戻る。

だが空腹はそうはいかない。僕僕が作ってくれなければどうにもならないことに業《ごう》を煮やした彼は、自分で作ってみることにした。

「いいけど……」

自分の仕事を奪われるから嫌がるのでは、と思っていた僕僕はあっさり料理道具一式を貸してくれた。組み立て式の竈に鍋や釜《かま》、包丁にまな板、そして調味料ひと揃《そろ》いである。

「何作るの？」

と言われたが、そもそも何を作っていいのかわからない。

「それなのに料理したいって言ったの？」

目を丸くして言われると妙にくやしい気分になるが、辞を低くして基本的なものを一つ教えてくれるよう頼んだ。

「じゃあ、この辺りで手に入るもので……包子《パオズ》でもやってみる？」

「何だそれは」

小麦を練って広げた皮の中に、肉餡《にくあん》を詰めたものだ、という。

「そういえば拠比は竈の火を扱ったことがないよね。火を熾《おこ》すところからやってみる？」

僕僕が連れている火と水の妖、獯獯《くんくん》と洵洵《じゅんじゅん》に拠比は声をかけたが、無視された。

「この子たちの力を借りなくても火は熾せるよ」

拠比の知る火の熾し方はごく簡単なものである。火の神仙は指を一度鳴らすだけで、もしくは一瞥《いちべつ》するだけで炎を呼ぶ。拠比が水を呼ぶようなものである。

「これ」

僕僕が抛比に差し出したのは何の変哲もない木の板と棒きれが一本である。

「乾いているからすぐに着くと思うよ」

くぼみに棒の先端を当て、ぐるぐる回せと言う。

「火を熾すのにそんな手間がかかるのか？」

「ボクが水を呼びたいと言ったらどう教える？」

「水は表に出ていなくても天の気に混じり、地の下に流れている」

「つまり？」

「掘るのが確実……」

「火は激しくぶつかったり擦《こす》れ合わせることで呼ぶことができる。術や精霊の力によって呼び出せないなら、自分で作りだすしかない」

わかった、と抛比は棒を板に当て、回し始める。狩人《かりうど》である彼は力が弱いわけではないが、棒の先からは細い煙が出るばかりで火の兆しもない。しばらくやっているうちに、

「代わろうか？」

そう僕僕に気を遣われる始末である。

「どうして火が熾らないんだ……」

首を傾《かし》げていると、僕僕につき従っている水の妖が肩を叩《たた》いた。

「拠比の周りには水の気配が濃すぎるんだって」

「水の気配といわれても、俺は水の神仙だから仕方ないだろう」

「自分でやるんでしょ？」

ぐうの音も出ず、火は熾してくれと頼む。そもそも神仙として十全だったころは、火を使うこともなかったし、仙丹を錬成する際の炉も水の力を使ったので、自ら火を操る必要はなかったのだ。

僕僕は棒をくるくると回すと煙は小さな火種となり、枯れ草に移って炎となった。

「妖の力を借りたのか」

「失礼だな。自分でやったんだ」

拠比が見ると、炎の妖は少し離れたところで寝そべっている。

「ともかく火は熾ったから、拠比は食材を集めてくるといいよ。乾いた昊天は香草の種類が多くて、いい包子ができると思うんだ。この周りにも何種類か見つけたけど、肉だけがない。野兎《のうさぎ》を一匹狩ってきてくれる？」

こと食事のことになると良いように使われるのみだ。腹立たしい気持ちと逸《はや》る心を抑えて狩りに出るが、そういう時は中々獲物に出くわさない。

「うまくいかんな……」

獣の通りそうなあたりに腰を下ろし、風の流れを探る。そのうちに腹が鳴った。

「これは急がないと恥を上塗りしそうだ……」

獲物の影は見えないが、弓を手に持ちその時に備える。あまり動いては空腹がひどくなるので、動かず獣が現れるのを待ちかまえていると、ついに動く影を見つけた。しかも三つもある。ゆっくりと動くそれらの影は、丈の長い草をわずかに揺らすようにして、僕僕たちのいる方に向かっている。

拠比が狩りに出かけた後、僕僕と昔花はきゃいきゃいと賑《にぎ》やかに話している。干した果実を摘《つま》み、茶を淹《い》れながら実に楽しそうだ。

「僕僕たちを狙《ねら》っているのか……」

肉食の獣も天地には多い。神仙に肉薄するような凶悪なものがいないわけではない。拠比は緊張をやや高めながら近付いた。僕僕たちが摘んでいる果実は野葡萄《ぶどう》を干したものであった。

酸味と甘味が一体となって疲れが取れるという僕僕たちであったが、拠比からするとぐにゃぐにゃと柔らかく、やたらと口の中に唾《つば》が湧《わ》くばかりで特段喜びはない。ただ、空腹は確かにごまかせる。

三匹の獣は僕僕たちの背後に回り込もうとしていた。これはますますいけない。僕僕たちに警告しようと腰を浮かしかけた時、三匹のうちの一匹がさっと手を伸ばした。だがその手は二人の少女を攫《さら》うのではなく、その間に置かれていた果実の小さな山を摑《つか》んでさっと消えた。

僕僕と昔花は次の一粒に手を伸ばそうとして空振りし、顔を見合わせている。拠比は僕僕たちには声をかけず、草を揺らせて去っていく三つの気配を追った。どうやら肉を喰らうような凶暴な獣ではないらしい。

料理に向くのは、肉食獣よりも草を食《は》むものだと僕僕に聞いたことがあるから好都合である。獣の姿は見えず種類もわからないが、食えない獣は少ないとも言っていたからとりあえず獲《と》ることが大切だ。

獲物は三匹、全《すべ》て手に入れれば上等である。

「よし、これで僕僕のやつも感心するはずだ」

とひとりごちてから、拠比は苦笑した。神仙として生きた長さも格もまるで話にならない相手に対し、五分以上の存在と意識している己に、である。

「それも『一』とやらを見つけるまでだ」

拠比は気配をさらに落としていく。人の姿になっての数少ない利点は、もともとの気配が小さいことだ。もそもそと動いていく草の後をつけ、矢の射程に入れて足を止める。

「ちょっと大きいかな」

僕僕の竈を思い浮かべる。だが獲物が大きいことはためらう原因にはならない。余った肉は手早く塩に漬けるか干すかして食材へと変えてくれる。

「我が糧《かて》になってくれること、感謝するぞ」

弦《つる》を引き絞って立て続けに矢を放つ。鏃《やじり》は螺旋《らせん》を描いて急所の首の付け根あたりへと吸い込まれていく。そのうち二匹は機敏に矢を避けて見せたが、最後尾の一番大きな奴《やつ》は逃げ損ねて尻《しり》のあたりに矢を受けた。

「ぎゃー」

という叫び声を聞くと兎ではなさそうである。獲物を間違えたことよりも、三匹のうち二匹をしくじったことの方に衝撃を受けた。

「弓の腕まで落ちてきたか……」

情けない思いをしながら力を振りしぼり、尻を射られて動きの鈍くなった一匹に組みつこうとその後を追った。

3

草を掻《か》き分けて疾走すると、しばらく忘れていた感覚を思い出した。水の流れと一体となって草原を駆け、渓谷を飛ぶ。地下の水脈を走って一瞬にして万里をいく。僕僕や昔花とゆっくり歩みを進めるのも嫌いではなかったが、これも悪くない。

そうするうちに、大きな尻が見えてきた。はじめは猪《いのしし》の類《たぐい》かと思っていたが、衣の裾《すそ》を蹴《け》り、よろめきながら走っている後ろ姿は人である。

「獣ではないのか……」

落胆した拠比であったが、この辺りに住んでいるなら獣の居場所も知っているだろう、とそのでっぷりした腰のあたりに飛びついて転ばせた。

「やめろ！　炎帝側の神仙に抱きつかれたとか噂《うわさ》されたら恥ずかしいだろ」

野太い声で文句を言う顔は、どこかで見覚えのあるものだった。

「お前、確か百樹とかいう……」

「とかいうじゃなくて、百樹さまだ」

拠比はその尻の辺りを蹴飛ばし、組み伏せる。

「また何か悪事を企《たくら》んでいたか」

「悪事とは何だ失礼な奴だ。俺たちは常に黄帝さまの命を受けて神仙として……」

「それはもう聞き飽きた。それよりもあの子たちのつまんでいた果実を返してもらおうか」

としめあげる。

「ま、待ってくれ。盗んだのは俺じゃなくて望森だ！」

言い募る百樹の巨体を担《かつ》ぎ上げるが、すぐに息が切れる。

「お前も腹が減ってるんだろう？　ここは俺たちに頭を下げてあの果実を少し分けてもらう方に頭を使ったらどうだ」

「お前も？　も、とはどういうことだ」

拠比は百樹を投げ飛ばして訊ねた。慌てて口を押さえていたが、拠比も答えを聞かずともわかった。

「おい、俺と同じく腹が減るというのだな」

百樹はそっぽを向いて答えないが、濃い鬚《ひげ》のあたりに、そうだ、と記されているようであった。そこに、美豊と望森が覗《のぞ》きに来た。

「また間抜けが捕まってるよ」

「あいつ、そろそろ外してもらうよう黄帝さまにお願いしようぜ」

こちらに聞こえるように囁《ささや》き合っている。

「てめえら、俺がしんがりを引き受けてやったというのに薄情な言い方するなよ」

「あんたがやりたいってしゃしゃり出たんだろ！」

牛と雉《きじ》に変化してしばらく取っ組み合いをしていたが、すぐに人の姿に戻って膝《ひざ》をついた。

「だ、だめだ……力が入らないわ」

先に音を上げたのは美豊であったが、百樹の方はそれより先に目を回して倒れていた。

二人の乱闘をつまらなそうに見ていた望森は、

「食うか？」

と僕僕たちからかすめ取った小さな果実を一つ袋から取り出し、抛比に向けて突き出した。

「それ、あの子たちに返せよ」

「盗んだ物は盗んだ者に属するんだよ」

「人に崇《あが》めさせようって神仙がけちなことを言うな」

抛比が袋を取り返すと望森はにやりと笑った。

「これでお前も盗みの一党だ」

「違うな。取り戻しただけだ。お前たちのように拝借して返さないのは恥ずかしいが、元の持ち主に返すのは名誉ある行いだ」

「それも間違っている。この果実はそもそも、実をつけていた木のものだ」

手のひらに残していた干果を口の中に抛《ほう》り込み、望森はにやりと笑った。

「人の間では、俺たちのような奴を盗人《ぬすっと》というらしい」

まともに相手する気にもならなかったが、妙に引っかかった。

「何が言いたい？」

「神仙だなんだと偉そうに言っても、所詮《しょせん》誰かから何かを盗んで生きてるってことさ。俺はこの弱っちい人という姿に変われと命じられて日々を過ごしているうちに、わかったのさ」

こいつは随分と皮肉屋らしい、と拠比は面白く聞いていたが、

「炎帝さまも黄帝さまも西王母さまも同じさ。もしかしたら老君もな」

そう言った時はさすがに黙っていられなくなった。

「言い過ぎではないか」

「何が言い過ぎなもんか。炎帝さまが好き放題天地の気を使っているからこんなことになっているではないか」

「それは誤解だ」

望森のにやにや笑いは止まらない。

「よし、百歩譲って炎帝さまのせいでないとしても、だ。炎帝さまや西王母さまが天地の膨大な気を使って神仙を生み出したり生き物を殖やし続けていることに違いはない」

「それがお二人の務めだ」

「だからさぁ、偉い方も俺たちもみんな盗人だってことをまず認めようぜってことさ。まずはお前さんから、な」

袖《そで》からもう一つ果実を取り出して咀嚼し、ことさら音を立てて飲み込んだ。

「盗んだら謙虚に分け合うことを覚えないと、ああいう馬鹿《ばか》たちのようになるのさ」

目を回している仲間を見て望森は手を打った。

「そして盗んでいることを自覚していれば、お恵みもある」

騒ぎに気付いた僕僕と昔花が、草をかき分けて顔を出していた。

4

何をしてるの、と目を丸くしている僕僕の横では昔花が兎を三匹捕まえていた。

「私、狩りが得意だから」

と拋比に向かって申し訳なさそうに言う。

「私、罠《わな》を作るのが上手なの」

「だったら先に言ってくれよ……」

拋比は空腹で力の入らない体からさらに力が抜けて膝に手をついた。走りまわって百樹の尻を追いかけ回すこともなかった。

「全部一人でやるってことになってたから」

「そうだぞ。キミが悪い」

僕僕が偉そうに言う。

「それにそこの連中、人の干果を勝手に取っていくのはいいが、大丈夫か」

と意外なことを訊ねた。百樹たちは顔を見合わせている。僕僕の隣にいる昔花が先ほどから落ち着かない。ひっきりなしに竹筒から水を飲んでいる。

「その果実は甘酸《あまず》っぱく美味この上ないが、神仙でない者が口にすると猛烈に口が渇く代物《しろもの》だ」

なあんだ、と美豊は胸を撫《な》で下ろすが、撫で下ろした手を鉤《かぎ》にして悶《もだ》え苦しみ始めた。

「水……」

と騒ぎ回るが乾いた昊天には手近に水場もない。昔花の水筒に飛びかかろうとして避けられていた。

「その水筒を私たちにお渡しなさいな。ご利益《りやく》があるわよ」

そう迫るが昔花は舌を出して易々《やすやす》と避ける。

「あんたなんか私と何も変わらないじゃない」

「うるさいわね」

ぱかりと口を開けると、長い舌を伸ばして昔花を捕まえた。だが、悲鳴を上げたのは美豊の方であった。口の中があまりに乾いていたために昔花に貼《は》りついて取れず、皮を引っ張られて痛みに叫び声を発したのである。

「何やってんだか」

望森が長く伸びた舌を剥《は》がしてやっている間に、僕僕が抛比のもとにやってきた。

「水を出して助けてあげなよ」

「怒ってないのか?」

「あの神仙たちもお腹《なか》すいてるんでしょ。どうせなら皆でご飯食べようよ」

腰に手を当てた僕僕は、偉そうに言った。

「あいつらは黄帝さまの部下だぞ。何を考えているかわからない」

「暇つぶしにつまんでいる干果しか目に入ってないんだもの。大したこと考えてないよ。それより、人の物を取る神仙なんて格好悪い。ボクは拠比にそんなことをして欲しくないな」

「するわけないだろ……」

違うんだ、と僕僕は拠比の手を握る。

「腹が満たされているっていうのは、本当に幸せなことなんだ。腹が満たされないのは、どんな美しい心も濁らせてしまう」

「わかったから」

あまりに真剣な表情で僕僕が言うので、拠比はおかしくなってしまった。

「お前がいいと言うなら、皆で食事にしよう」

「昔花が肉も捕まえてくれたし」

「……包子は俺が作るからな」

「期待してるよ」

ぽんと背中を叩かれて腹も立ったが、楽しくもあった。干果を盗んだ連中は飯を食わせてもらえることがわかると額を地にすりつけるようにして僕僕に感謝を述べた。驚いたことに、百樹たちはごく自然な風情《ふぜい》でついてきた。

「いつから腹が減るようになった」

　拠比が訊ねると、

「この姿になってからだ」

　そう口々に答えた。

「人の祈りというのは？」

「赤精子さまが仰《おつしや》るには、人々の真摯《しんし》な祈りを受けている限り、お前たちの神仙としての力は落ちることはない。それどころか四真部にも匹敵するほど上がりうる、とのことだった」

　拠比は赤精子が適当なことを言っているのではないかと思ったが、あの謹厳そのものの風貌《ふうぼう》を思い出して打ち消した。

「で、俺たちのおかげで人々はお前たちに祈るという愚かなことはやめたわけだな」

「愚かとは。俺たちは、その、あれだぞ。奴らがしっかり祈り、捧《ささ》げればそれだけの見返りをくれてやるつもりだった」

「嘘《うそ》つけ。昔花の村の者たちは今にも倒れそうだったじゃないか」

「人などいくら痛めつけてもいいのだ。痛めつけるほど、我ら神仙を崇めるようになる。差し迫った思いから捧げられる祈りほど、我らの力になるのだ」

捩比は嫌な気持ちになって百樹をにらみつけた。

「俺に怒るなよ」

百樹は形相の変わった捩比を見て、少し困った顔になった。

「何でお前がそんな顔になるんだ」

「俺だってこういうの、不便だと思ってるんだよ。祈りとかいうのを受けているうちは腹も減らないし喉《のど》も渇かないが、それが切れた途端にこうなっちまう。まっとうな神仙であるうちは、自分で錬成した仙丹を口にしていればそれでよかったのによ。だから、こうしてお宝を探して……」

苛立《いらだ》たしげに舌打ちをする。

「……お宝、ねぇ」

うっかり口を開きかけた百樹は慌てて口を押さえる。

「お前たちには教えねえよ」

「そうか、関わりがあるのだな」

「うるさいうるさい！　お前たちこそ、赤精子さまのお目こぼしでここにいることを忘れるんじゃねえぞ」

やはりばれているのか、と捩比は暗澹《あんたん》たる気持ちになった。

「赤精子が知っているということは、当然黄帝さまもご存知なのだろうな」

「精々おとなしくしておくことだ」

こうなると、せめてこちらの目的である「一」のことは隠さねばならない。

「そうか。俺たちが僕僕のために幻の食材を探していることを、黄帝さまはご存知なのか」

「もちろんだ！」

頷《うなず》いて百樹は拠比の表情を盗み見た。

「その幻の食材ってのはうまいのか」

「それはもう、ひとたびその味を知れば三聖の境地すら飛び越える幸せを得られるらしいぞ」

この出まかせが黄帝さまたちをうまく騙してくれるよう祈りつつ熱心に話すと、百樹が目を輝かせて唾を飲み込んだ。

「おい、手に入れたら少し寄越せ。そうしたら多少の目こぼしはしてやる」

「……力を失ってから本当にこう、雰囲気まで薄っぺらくなったな」

「ほっとけ」

とくちびるを歪《ゆが》めた百樹は、ご飯ができたよという僕僕の声に愛想よく答えて駆け去っていった。拠比は自分が包子を作ると宣言していたことを思い出し、頭を抱えるのであった。

食事という場は、数が多い方が楽しいらしい。拠比は笑いの絶えない一同を感心しつつ見ていた。その中心にいるのは百樹である。

「それで俺は言うわけよ。英雄神の俺さまがてめえのような悪を見逃さねえでござるってね……」

百樹が怪しい武勇談を大真面目《まじめ》にする間、包子を口から吹き出すほどに僕僕と昔花は笑っている。腹が満ちてきた美豊と望森も今は穏やかな表情だ。

体をくの字にして楽しんでいた昔花は蒸籠《せいろ》の中から包子を取り出して百樹の前に置く。

「こんなに笑ったの初めて。でも、まだ食べてないでしょう？」

「話はこれからが本番なんだぞ」

「さっきからふらふらしていますよ、神さま」

照れ臭そうに大きな頭を掻いた百樹は、小さな包子を口の中に抛り込んだ。

「あ、そんな一気に口に入れては……」

と昔花が言うより先に百樹は飛び上がっていた。蒸し上がったばかりの包子には熱い肉汁がたっぷり含まれている。それが美味の元であるらしいが、拠比には熱いばかりだ。

だが、

「美味《うま》いからいいんだ！」

百樹は強がっている。

「もっとよこせ」

横柄《おうへい》に言うが、僕僕のじとりとした顔を見てお願いしますと丁重に頭を下げた。僕僕は惜しげもなく三人に包子を分け与え、満足そうだ。

「ところで」

拠比は腹が満ちて眠そうな三人に声をかけた。

「お前たちはあれからどうしていたんだ？　昔花の村を追い出されて赤精子のもとに帰ったのではないのか」

美豊と望森は同時に顔をしかめた。

「そりゃ帰ろうとしたけどね。赤精子さまは務めを果たすまで帰ってくるなって」

「人々の祈りで力をつけるということか」

さらに答えようとした美豊の手を望森が掴む。余計なことを言うな、と目が言っている。

「探しものをしているのだろう？」

「どうしてそれを？」

「百樹が教えてくれた」

望森は忌々《いまいま》しげに仲間の背中を睨《にら》む。その百樹は昔花にせがまれるままに怪しい武勇伝を再開しては笑い転げさせていた。

「何を探しているかは教えないわよ」

「わかっている。四真部の密命を受けて何かを探しているのだろう。そこまで聞きだそうとは思っていない」

そう言うと美豊は安心した表情になった。

「さすがにいい男は話がわかるね」

「これはいい男なのか」

抛比は自分の姿がわからない。神仙にも美醜はある。それは、内から湧き出す力の強さとその強さが形作る姿への敬意にも等しい。抛比からすると人というのはあまりに姿が似すぎていて美しいと感じることはなかった。

「あんたは人の中で暮らしてないからね」

「人は見た目がそれほど大切なのか」

「腹が減っているうちは気にしないけど、満腹になると交わる相手を探すみたいよ。なけなしの食べ物を集めて神仙に捧げた後は、そのお残りをいただいて次の子孫を残す行いをするのさ。ねえ、それとても楽しそうなんだけど、あたしとしてみない？」

抛比は訳もわからず、『対』みたいなものかと考える。

「対なんて無粋なもんじゃないわ。もっとしっとりと楽しいことよ……」

その時、抛比と美豊の間に昔花が割って入ってきた。

「だめ」

頬を膨らませて美豊を睨みつけている。

「抛比さんの相手はあんたじゃない」

「んまあ、あんたみたいな小娘にあんた呼ばわりされるなんて！　どれほど生きてきたっていうのよ」

「誰と交わって夫婦になるかは、年が若いかどうかじゃない。互いに求め合っているかが大切なのよ！」

眉《まゆ》を逆立てて怒る美豊にも昔花は一歩も引かない。

「あら、じゃあ昔花ちゃんはこの抛比さんと交わりたいと思っているのかしら」

その言葉に顔を真っ赤にした昔花はそっぽを向いて去っていく。

「何してるんだ」

二人のやり取りの意味がわからず、抛比は首を傾げる。

「あんたもその姿になったのなら、その姿での作法を覚えるべきかもしれないわね」

「神仙が人の作法を覚える必要もあるまい。ともかく本題だ」

抛比も「一」を探していることは美豊たちには言っていないし、彼らも本当に何を探しているのかは秘密にしている。だが、互いの探している物への手掛かりもない。炎帝に授かった「一」の手掛かりを見つけるという触れ込みの鏡もうまく働かない。

「俺たちは僕僕のために幻の食材を探している。全てのうまさを含んだそれを仮に『五味』としよう。姿も形も場所もわからないが、厨師《ちゅうし》としてはぜひ欲しいところだ。俺は対である僕僕のためにそれを探してやりたい」

「力を合わせようって言うの？」

美豊が用心深く拙比の表情をうかがった。

「この姿の面白いところは、思うことが顔に出ちゃうところなのよね。元の姿だと毛や鱗《うろこ》で簡単に隠せるのに」

もちろん、拙比も長い修練を積んだ神仙である。表に出る気配を操ることもできる。

「あら、表情を消したわね。本音は見えなくなったけど、本音を見せたくないということはわかるわ」

神仙同士の会話には、時にこうした揺さぶり合いが入る。表に出ている言葉や表情を自在に操れるからこそ、言葉の応酬でその奥深くに隠されている心を探る。

「ま、いいわ」

本音を探ることを自ら放棄した、という姿勢を美豊は見せた。だが探るそぶりを見せた、ということを拙比に印象づけるための言葉だ、ということは彼にもわかっている。

その上で、探し物のことで力を合わせよう、という提案は引き下げなかった。

「あなたたちがお探しの幻の食材、そもそもどんなものか炎帝さまも知らない。私たちが探しているものは、四真部や黄帝さまでは近づけない……。悪くないわね」

美豊はにやりと笑う。その時、僕僕たちが楽しくおしゃべりしているあたりで昔花の素っ頓狂《とんきょう》な声が聞こえた。

「ああ、宝玉がない！」

そう叫びつつ座っている百樹をひっくり返して尻の下あたりを探している。

「何だよまだ話の続きはあるのに」

ひっくり返ったままの百樹を無視して、ひとしきり探しまわると、昔花は手を合わせた。

「導尤《どうゆう》さま導尤さま、私の大切な宝玉への道をお示しください」

拠比は肌がぞくりと粟立《あわだ》つのを感じた。仙骨もなく、何の術力もない彼女から放たれる祈りの気配が、全身を包み、そして流れ去っていく。

「あ、祈ってやがる」

望森が祈りの気を吸いこもうとするが、それは鼻を素通りして耳から抜けていく。

「だめよ。それは別の神仙への祈りだもの」

空へと消えていく美しい塊を見送りつつ美豊は言った。

「探し物くらい俺たちがしてやるっての。だから俺たちに祈れ」

望森は言うが、

「やだ。信用できないわ」

とにべもない。

「信は功で上がるのだ。おい、お前らも探すの手伝えよ」

そう言われても美豊と望森は顔を見合わせたままでいた。そして手を打って喜ぶ。

「何か見つけたの？」

昔花が駆け寄って来るが、それには首を振った。

「見つける方法を思いついたのよ」

美豊はにんまりと笑った。

6

導尤、と言われても僕僕と昔花にはわからないようだった。それも当然の話で、彼は何でもそのあたりに散らかしておく炎帝が失《な》くし物を見つけるために産み出した神仙で、相当に古い。

「行方知れずになっているはずだ」

拠比も何度か炎帝に探しものを命じられてうまくいかず、その都度炎帝はため息まじりに導尤がいたらな、と呟《つぶや》いていたものだった。

呼灼《こしやく》の群れと出会ったときに、その名が出ていたことを思い出す。探し物に長《た》けた神仙の瞳《ひとみ》から放たれた光は、求める物だけを照らして影を作る。

「炎帝さまから用を言いつけられているのを見たのが最後だったかな……」

炎帝の側近ともいえる立場にいたのに、不意に姿を消した。同じく炎帝の傍にいてその身辺を護《まも》っていた燭陰から何か聞いた覚えもない。

美豊から拠比と手を組む旨《むね》を聞いた時、望森はほとんど表情を変えなかった。三人の中では一番狡猾《こうかつ》そうな双頭の狗《いぬ》は、美豊がそれでいいなら、と頷いた。

「これは噂だが」

と前置きして望森は話し始めた。

「導尤ならこの昊天に居を構えていると聞いたことがある」

「早く言えよ」

百樹がぶうぶうと文句を言うが、

「話題にならなければ思い出しもしない。だが、その噂を聞きつけた者が失《う》せ物を探してもらおうと訪れたらしいが、会うことはできなかったようだ」

やはり黄帝さまの領域にいるのか、拠比はそこに驚いていた。神仙はどこでも挙止自在ではあるが、ほぼ全ての神仙が生まれた領域近くに住んでいる。生まれた側でない方に住むのは、何か事情がある場合のみだ。

「黄帝さまはご存知だっただろうが、いちいち炎帝さまに教える理由もないからな」

「ご存知ならどうしてお前たちに教えないんだ」

「……どうしてなんだろうな」

導尤は抛比と同じく水の性質を持つ神仙であった。水の神仙は変幻の術に長けているものが多いが、導尤にそこまでの隠れ身ができるとは知らなかった。

「失せ物を探すのが上手だから、自分が隠れるのも上手なんだね。ボクも食事を作るのが務めだけど、食べるのも好きだもの」

僕僕の言葉に皆が納得した。

「なるほどな。失くすと見つけるは表裏一体というわけか」

抛比も感心したが、失くしたり消えたりすることに精通した神仙はあいにく他にはいない。

「とりあえず、いると噂されていた辺りから調べ始めるか」

望森が噂のあった辺りを知っていた。それは昊天における蓬萊《ほうらい》の気口がある梣淵《せんえん》の山にいるという。

蓬萊の主峰から伸びる尾根筋は高く遠くからも見える。その高みが増すにつれて道も険しくなり、山気も濃厚になっていく。

「気口に随分近いが、人間はこんなところで平気なのか」

「あいつらどこにでも住むぞ」

百樹はひいふう言いながら山道を進んでいた。

「足の届く場所ならどこでも、だ」

「いや、このあたりは山の気が濃いだろう？」

梅淵から流れ出す気は山に近いほど、頂が高いほど濃い。神仙にはそれこそが活力の源であるが、それ以外の者が無事でいられるとは思えなかった。

「はじめは下の方に住んでいたのが、少しずつ村の高さを上げてきたのだ」

「何か仙道の修行でもさせているのか」

「とんでもない」

百樹は驚いたように手を振った。

「仙骨のない者に何をやらせても無駄さ」

「そうだよな……」

そして抛比には一つ気になっていることがあった。

「どうやって人間たちに祈らせるんだ」

百樹に訊《き》くと、それは望森が上手だ、と答えた。聞いているふうでもなかった望森はくちびるの端を上げた。

「自信があるみたいじゃないか」

「簡単なことさ」

望森は鼻の頭を掻いた。

「人というやつは我ら神仙から仙骨を抜いた存在だ。お前、自分がそんな風になったと想像してみろよ」

「……想像もつかない」

「術力も終わらない命もないんだぞ」

「するとどうなるんだ」

考えてもわからず拠比が訊ねると、

「悩むんだよ」

と僕僕が答えた。重い料理道具を一人で担ぎ、遅れがちになりながらもついて来ている。拠比は何度も手伝おうと申し出たがその都度断られるので、ここしばらくは言わないことにしていた。

「悩む？」

拠比は悩む、という経験がほとんどなかった。神仙の多くはあまり悩まない。目的ができればどれほど遠かろうと修練によって近付けるという確信があるからである。命に終わりもないので焦ることもない。

「足りないことと限りがあること、というのが人という生き物の根元にある」

「神仙以外ならみなそうだろ」

「だが、彼らはその不足と有限を意識してしまうんだよ。必要ないほどにね」

そこを救ってやるのだ、と望森は言う。

「お前もその姿になってから悩むことが増えただろう？」

そうなのか、と拠比は自らに問うて、確かに望森の言う通りだとも思う。ままならない肉体と精神は、水の神仙として自在に暮らしてきた時とはあまりに違う。

「どうして腹が減るのか、いつも考えている」

「それが悩みというやつさ。常に頭の中にあって離れず、解決する方法も見つからない。考えても意味がないのに考えてしまう。そんな時は神仙に頼るほかない」

望森はにやにやと笑みを浮かべる。

「拠比よ、お前の取るべき道は二つある。そうしてうじうじと悩み続けるか、人々に祈らせて新たな力を手に入れるか、だ。人はいくらでも増えるし、悩みを持たない人間などいない。奴らの悩みとそこから生じる願いを聞き届けてやることで、お前の悩みも解消するというわけだ。いい考えだと思わないか」

拠比は昔花をちらりと見て、

「そんなみじめなことはしたくないな」

あっさりとそう答えた。

「みじめとは何だよ。黄帝さまのお考えだぞ」

「誰の考えでも同じだ。昔花の村がどうなったのかこの目で見ていたからな」

「虫のような一群が慌てふためいたからといって、そこに思い入れを持つか？　前から思っていたけど、拠比、お前ちょっとおかしいぞ」

「おかしいのはお前らだろ」

話にならない、と望森は首を傾げている。導尤がいるらしい梅淵山の中腹への道は険しいが、集落は少しずつ小さくなりながらも点在している。まだまだ裾野の取りつきにいるとはいえ、山の気配は濃い。

蓬萊山の様子がおかしくなった後にこの村は場所を変えたのだろうか、と考えていると、

「あ、神さまだ」

と子どもたちが駆け寄ってきて手を合わせた。

「そうだよ。私たちは神さまさ」

と美豊が胸を張った。

「あんたたちは人の分際で梅淵の裾野で村を作るなんて、随分思い切ったことをするじゃないか」

子供たちは顔を見合わせた。

「そんなこと言われたって知らないよ。おじいちゃんの代からここに住んでるんだもの」

今度は美豊たちが驚く番だった。

「ぼくらの神さまがここに導いてくれたんだっておじいちゃんに聞いたことがあるよ」

「それはどんな神さまなの」

「探し物を何でも見つけてくれる神さまだよ」

拗比たちは目配せを交わした。

「あんたたちの神さまに会わせてもらうことはできるかい？」

美豊が言うと、子供たちは首を振った。

「ぼくたちは皆さんに帰るようお願いしてこいって言われてきたんだ」

「俺たちが来るのを知っていたのか？」

子供たちはこくこくと頷いた。

7

帰れと言われて帰るわけにもいかず、百樹は子供たちを押しのけて進もうとした。だが、子供たちはがんとして動かない。

「こちらが神仙だとわかっているのに生意気な奴らだ。踏みつぶして進もうぜ」

苛立ちをあらわにして百樹は言う。

「駄目だよ。そんなことするともうご飯作ってあげないよ」

そうたしなめる僕僕に百樹は舌打ちをする。

「だったら何か？　こんな子供の通しませんって言葉に従うのか」

「ボクに考えがある」

ふと見ると、僕僕が袋から何かを取り出して子供たちに配っている。黄色い粒で、表面はでこぼこしている。

「何これ」

子供たちは不思議そうに指でつまんで眺めている。

「美味《おい》しいんだよ。ほら」

僕僕はまず自分が口に含んで見せた。子供たちもつられて口に入れる。怪訝《けげん》そうな表情はきらきらしたものへと変わった。もっと、と出てくる手の上に黄色い菓子を乗せてやりながら、

「ボクたちをこの先に通してほしいんだ」

そう穏やかに頼んだ。

「でも……」

やはり村の大人たちに命じられたことに逆らうのは気が乗らないらしい。

「わかった。じゃあこういうのはどうかな」

僕僕は子供たちの表情の変化を見て一つ提案をした。

「ここを通すなって言われているんだったら、ボクたちはここを通らないようにする。キミたちも聞かされているように、ボクたちは神仙なんだ。神仙同士の話し合いをしたいだけで、キミたちに迷惑をかけるつもりはない」

「本当に？　あなたたちを通すとぼくたちが叱《しか》られるんだ」

「ボクたちはキミたちに阻《はば》まれてここを通らなかった。それは間違いない。もしボクたちが捕まってキミたちが叱られそうになったら、ボクがそう言うと約束する」

子供たちはしばらくもじもじとしていたが、

「神さまは山の中の洞窟《どうくつ》にいるよ」

「そこには村の巫女《みこ》さんしか行けないんだ。後は知らない！」

「お菓子ごちそうさま！」

と口々に言って走り去った。

「凄《すご》いな」

拠比は感心していた。道を塞《ふさ》いでいた子供たちが、黄色い小さな粒を口に含んだ途端に態度を変えた。

「薬丹の類なのか？」

と抛比が訊ねると、

「とんでもない。玩菜《がんさい》っていうんだよ」

「遊ぶ、料理か……。食事は腹を満たすだけのものではないのか」

「それだけだとつまらないじゃないか。昔花に聞いたら、山苺《やまいちご》を食事の間に採って口にする幸せといったらないって。ということは、その幸せを作ったっていいってことだろ？」

僕僕は得意気であった。

「この玩菜は玉蜀黍《とうもろこし》を炒《い》って糖蜜《とうみつ》をかけたものさ。一つどうだい？」

抛比もそう言われて口にしてみるが、なにやら枯れ葉を口に含んだようで味気ない。思わず吐き出すと、僕僕は悲しそうな顔をした。

「そんなにまずいの？」

横から手を伸ばした美豊は、大きく頷いた。

「これはあんたの言うこと聞きたくなるわ」

「でしょ？」

「他愛《たわい》のない味なのに、何だか楽しい。口の中でふわりと溶けるんだけど、糖蜜の甘みが柔らかく後を引くのね。もっと欲しくなる」

俺たちにも、とせがむ百樹や望森たちの手のひらに乗せてやると、二人の表情もたちまち楽しげなものに変わった。

「何というか幼い味だな」

そう言いつつ望森はぽりぽりと立て続けに口に抛り込んでいる。

「さあ、行くか」

子供たちの背中が見えなくなり百樹が歩き出そうとする袖を僕僕が摑んだ。

「話聞いてた？　ボクたちはあの子たちに道を塞がれて、この先には進まないと約束したんだ」

「それだとここから先に進めないだろ。導尤に会えなくてもいいのかよ」

「だったら違う道を探せばいいいんだ」

「どこにあるんだよ」

梅淵の裾野には巨岩がころがり、深い沢も縦横に走っている。沢には人々がかけたと思《おぼ》しき丸木橋があるが、道でないところは険しい荒れ地である。

「この体の不便なところだよなぁ」

百樹が太い足を叩く。

「せめて祈りの力さえあれば前のようにひとっ飛びなのに」

「子供たちもあんたに祈ってくれそうにはなかったね。おいしい玩菜をくれる人の方が神さまだよ」

「納得いかねえな」

百樹たちの話を聞きながら、拠比は不思議に思っていた。

「僕僕よ、この先には進まないと約束するのはいいけどあてはあるのか」

「ないよ」

平然と言ったので拠比は驚いた。

「でも、あの子たちが道を示してくれた」

「巫女とは何だ？」

それは美豊が説明してくれた。神仙と人々の仲立ちをするのが巫女だという。

「人という生き物にはこちらの言葉が通じにくいのが多くいるらしくてね」

拠比が昔花の方を向くと、

「うちの村にもいたけど、美豊さんたち皆によく見えたから暇そうだったよ。普段は何か呪文《じゆもん》を唱えたり香木を焚《た》いたりしてた」

とのことであった。巫女の後をつければ導尤のもとに行けるのではないか、ということで話はまとまったが、結局は村を出る巫女の姿を見つけなければどうしようもない。

「ああ、それなら私に任せな」

美豊が大きく鼻を膨らませた。

「術力は減っても鼻が利《き》くのは生まれつきでね」

ぽんと宙返りをするとそこには大きな雉《きじ》の姿をした霊鳥が姿を現した。

「あまり長い間この姿でいることは赤精子さまに禁じられているのよ」

そして風の中に漂う匂《にお》いを捉《とら》えようとする。だが、しきりに鼻を鳴らしては首を傾げている。

「全然感じないわ」

「元々持っていた力も減じているんじゃないのか」

拠比が言うと美豊は残念そうに鼻孔を閉じた。

「そうかな、と思ってたんだけどね。僕僕ちゃんの作る食事、本来ならもっと強く感じるはずなのに、これくらいの香りがするというのから何段か弱かったのよ。人の姿になっているだけじゃなかったみたい」

元の姿に戻ろうとするのを、拠比は止めた。

「匂いというのはどうやって伝わってくるのだ」

「空にある水が運んでくれるのよ」

「だよな。そんな話を聞いたことがある。その巫女とやらがいるのが子供たちの消えた先だとすれば、まずは匂いを引っ張ってくればいい。先ほどの子供たちの匂いはまだ捉えられるか。捉えたら方角を教えてくれ」

まだそれほど遠くに行っていない子供たちの匂いを容易に探り当てた美豊は、道とはやや違った方向を指す。

拠比は指を立てて小さな霧の塊を呼び出すと、その方向へと放った。霧は細い糸のようになってするすると飛び、山肌を越えて消えた。しばらくすると、

「あら、匂いが強くなった。僕僕ちゃんの菓子の香りがするわ」

「それを追ってくれ」

「霧の水気に匂いを乗せて強めてくれたのね」

美豊は鼻の穴を空に向けて嬉しそうに言う。

しばらくすると、匂いの源は動きを止めた。菓子は村人たちに分け与えられるかと思いきや、一か所に移ったまま動かない。美豊がそう言うと、

「村の長《おさ》が取ったのかしら。珍しいものが手に入ると長が一度預かって配る場合もあるから」

「いや、一人が取ってどこかへ持っていくようね」

そして美豊は、一度慎重に匂いをかぎ分けた。

「巫女は独特の匂いがするのよね」

と昔花に確かめた。

「うちの村では香木を焚いてたよ」

「そうね、どうも神仙を祀《まつ》る時に火や水を使うことが多いから、その匂いが特に強い人を狙いましょう」

じっと目を閉じて匂いを追っていた大きな雉は急にお腹を押さえて苦しみ出した。

「いかん、美豊よ人の姿に戻れ！」

百樹が慌てた様子で叫ぶ。どうした、と拠比が訊ねると、あまりに長い時間元の姿に戻ると罰として腹帯がきつく締まるのだという。

「そこまで黄帝さまは人の姿にこだわるのか……」

拠比は驚き呆れつつも、締まる腹帯を緩めてやろうと引っ張るが、びくとも動かない。

「駄目だ。この帯を作った赤精子さまご自身でなければ解くことはできない。おい美豊、もういい」

「もう少しで顔かたちまではっきりわかりそうなの。それにそいつ、山を登り始めたわ……」

そう言ったところで匂いのする方を指しつつ美豊は気を失った。

8

美豊の指した先には急な岩壁がそびえている。仕方あるまい、と拠比は険しい崖《がけ》をよじ登り始めた。

「大丈夫なの？」

僕僕が心配げに言いつつ、小さな袋を差し出した。

「お腹がすいたり喉が渇いたらこれを口に含むといい。野苺の果実を干したものだから、味がどうのって気を遣う必要もないから」

その言いように、かえって僕僕にも気を遣わせているのだなと悪いことをしている気分になる。

拠比が崖をよじ登る後ろには身軽な望森だけが続いている。霧の筋がか細く岩の向こうに続いているが、小さな霧をかき消すように、周囲が白く煙り始めた。

「拠比よ、これもあんたの霧かい」

数歩後ろにいるはずの望森の姿がもうぼんやりとしか見えない。

「いや、これは俺が放ったものではない」

拠比は全ての水を友としているが、どうにも様子がおかしかった。黄帝の壁の向こうにある水と心が通じないという経験はしたが、ここまでよそよそしいのは初めてだった。

ふと振り向くと、望森の姿がない。

「水の気配の中で迷うとはな……」

微《かす》かに腹の下辺りが震える。霧はさらに濃くなり、拠比の四肢を縛っていくように重みを増している。静かに自分の気配を抑えて、周囲を探る。力のない今となっては、下手に力を誇示するよりも潜んで相手の正体を見極めた方がいい。

美豊のおかげで、捉えた村の巫女の気配に繋《つな》がる霧の糸はまだ切れたわけではない。だが、拠比の足は思わず止まってしまった。凄《すさ》まじい圧力に前に進めないのである。

間違いなく神仙の類である。

「四真部なみに強い気配だな」

その気配はますます強くなり、体の震えも大きくなる。神仙が己の力を誇示し、一気に相手を追い詰める時の様相である。

「ここから引き返せ」

霧の向こうから警告が放たれる。だが拠比はそこで首を傾げた。戦えば力の差は圧倒的である。これほど力量に差があれば、勝敗は明らかである。

思い当たることがあり、拠比は少しずつ前進を始めた。頭を低くし、這《は》うように山肌を登っていく。自分が山の石に変じたほどに気を落とし、猛烈な圧力の下をくぐり抜けていく。

蓬莱の山肌を風が駆け下りていくとさっと霧が晴れた。広大な裾野が遠くまで見通せるようになり、弧を描く山肌の所々に雲がかかっている。

「上だ！」

声がしてとっさに横へ跳んだ拠比のいた場所に、巨大な剣が突き立っている。それはかつて、己の腕で自在に操っていたものに似ていた。

「気を抜くな」

ごう、という風の音が二つ聞こえた。どちらも自分を狙っている。大きく跳躍した目の前に、青白く光る刃《やいば》が迫る。拠比は周囲の水の気を呼んで自らの大剣を呼びだす。だが、迫りくるものに比べるとあまりにも貧弱だ。

それでも拠比は剣を構え、迎え撃つ姿勢を示す。だが、その構えは横から飛来した別の風に吹き飛ばされた。気付くと、首のない馬の背に乗っている。

「戎宣どのか！」

「戎宣どのか、ではない。お前はしばらくここで寝て暮らすつもりだったのか」

「どういうことです？」

後ろを見てみろ、と言われて拠比が振り返ると誰もいない。

「凄まじい力をもつ神仙が隠れている」

だが拠比は何も感じ取ることができない。

「変化《へんげ》の術でしょうか？」

戎宣は急に動きを止めた。落ちそうになった拠比は慌ててその広い肩口に掴まる。

「長くは飛べないからな。何とかしてくれよ」

その前に、人の形をした神仙が剣を掲げてこちらを見ている。それは拠比自身であった。

「どうやらあちらにはよく見えているらしい」

戎宣は苦々しげに言う。拋比は自分であって自分でないその姿を見つめていた。人の姿であるというのに、そこから伝わってくる気配は天地の水の力を一身に集めていたかつての姿を彷彿《ほうふつ》とさせる。

手に持つ剣は重く鋭く、そして冷たい絶氷の大剣である。どのような火炎も鎮《しず》め、金剛石の盾をも貫く力があった。刃をとりまくのは水の龍《りゅう》たちである。

「おい」

戎宣がうっとりとしている拋比を叱りつける。

「あれは〝お前〟なのか」

「……そうです」

と答えるしかない。

「わかった。じゃああれは〝お前〟じゃない。本物の拋比は炎帝さまに命じられて仙骨の力を減じられて『一』を探すために苦労して旅を続けているんだ。あんなきらびやかな力と姿をしていれば、たちまち黄帝さまに目をつけられるはずだからな！」

厳しい叱責《しっせき》に拋比はようやく我に返った。

「お前ともあろうものが幻に惑わされるとは何事だ」

巨大な力を放つ拠比の幻影がゆっくりと剣を構え、その切っ先が光を放つ。

「まずい！」

拠比は馬腹を蹴って一気に高度を下げると、頭上を青い光の筋が通り過ぎていった。それは遥《はる》か彼方《かなた》の荒原に落ち、地を削って猛烈な煙を上げる。

「幻じゃない。あれは俺です」

「違う。あれは拠比の幻でしかない」

もしそうだとすれば、と拠比は懸命に考える。術の力が限られた場所でだけ実際の効果を放つ結界に囚《とら》われていることになる。結界を破るには、その源を叩かなければならない。

空を見上げると、員神が燦々《さんさん》と陽光を注いでいる。だが、拠比の幻影には影が映らない。

「おい、次が来るぞ！」

幻影から放たれる光の筋が蓬萊の山肌を削っていくのをかわしながら、拠比は自らの周囲に霧を呼ぶ。

「いかん、腹が減ってきました……」

体に力が入らず、せっかく呼んだ霧が散ってしまう。

「僕僕ちゃんは何もくれなかったのか！」

懐《ふところ》から小さな袋を取り出し、中に手を突っ込んだ。乾いた果実をひと摑み口の中に抛り込むと、じいんと頬が痺《しび》れるような感覚が顔を包んだ。

「わしも口があったら食いたいわ」

と言う戎宣が縦横に青い閃光《せんこう》を避けているうちに、体に力が漲《みなぎ》って来た。唾がとめどなく湧き出るこの味わいは何だ。己の口の中に甘い泉が湧き、それが活力へと変わっていく。

「戎宣どの、任せてくれ！」

鞍《くら》の上で伸び上がった拋比は、ぷっと口の中の泉を噴き出す。霧はやがて雲となって幻影を包む。幻はたやすくその雲を振り払い、きらきらと氷の欠片《かけら》をまきちらしながら拋比へと迫ってくる。

「この姿でも、修行を積めばああなれるのでしょうか……」

「そんな悠長なことを言っている場合か！」

戎宣の速さが鈍ってきた。

「何のための霧だったんだ。全く効いた感じがしないぞ」

「効かせるためじゃない」

霧は散ったが、員神の光がその霧を照らして七色へと別れている。その虹光《こうこう》に道筋があった。七色の光には源があり、陽光を反射してちかりと光った。

「あれは……」

戎宣が言う前に、拠比が伸び上がった鞍上《あんじょう》から槍《そう》を投げる。それに気付いた幻影が青く太い閃光を放つが、再び集まってきた霧に阻まれて四散した。

「戎宣どの、槍の飛んだ方へ！」

心得た、と急降下する戎宣の前で、槍が何かを砕いた。

「何だ今のは」

「幻の源です。そのまま降りていって下さい」

拠比は注意深く割れた鏡の周囲を見守る。戎宣も足を止め、ゆっくりと地上に降り立った。ただ黙って、静かにそこにいる。術力は失っても、心を平らかにするのにそれほど苦労はしない。

動揺を収めた精神の中で、相手の動きを待つ。岩だらけの山肌の一隅がゆらりと動いた。

「そこだ！」

拠比が鞍上から飛び、その首根っこを押さえる。むぎゅ、という声と共に地面に押しつけられたのは、まだあどけなさの残る娘であった。

「ああっ、触りましたね。男がわらわに触れると祟《たた》りがあるぞよ」

「男？　ああ、俺は違うぞ。神仙だからな」

「どう見ても男ですけど……」

「見た目が男だと触れられると穢《けが》れるのか？」

どうなんでしょう、と巫女と思しき少女は首を傾げた。

9

やがてどかどかと百樹たちがやってきて、こんなふざけた真似《まね》をしたのはどこのどいつだ、と凄んだ。

「人の分際で我らの行く道を邪魔するとは！」

「私は尊ぶべき方のために、こうしたまでですよ」

巫女の少女はふんわりと言い返す。透き通るような白い肌に、同じく雪白の衣をまとっていた。こんな娘に自分の幻を見せられて慌てるとは、と拠比は恥ずかしくなる。だが、導尤への障害は取り除かれた。

「さあ、導尤のところに案内してもらおうか」

百樹が巫女に迫る。

「それは……」

子尼《しに》、と少女は名乗ったが、戸惑いを見せていた。

「あの不思議な鏡を使って俺たちの邪魔をしたのは、導尤に命じられていたからか」

「いえ……はい……あの」

俯《うつむ》く少女を見ていて、拠比は不思議に思った。人よりも自分たちに近い感じがする。

「神との仲立ちをする人間にはああいう雰囲気の子が多いのよ」

美豊が耳打ちした。

「人にも色々いるのだな。全部同じなのかと思っていた」

「見ていて飽きないわよ」

その時、梅淵の山が微かに揺れた。思わず頂のある方を見上げる。

「最近多いのです。お山が苦しんでいる」

子尼が悲しげに言った。拠比にはわからない感覚である。異変が起きていることを、
そう表したのだろうと考えた。

「お前たちが敬愛する山の苦しみを取り除くために、力を貸して欲しいのだ。導尤に会えるよう手引きをしてくれないか」

丁重に頼む拠比を、百樹が苛立たしげに見ていた。

「もはや邪魔する者はいない。すぐにでも導尤のところに向かわせろ」

「慌てるんじゃないよ」

美豊がたしなめる。

「この子に足止めを頼んでるくらいなんだから、そのまま押しかけても会えるかわから

ないでしょ。引きこもっているところを無理やり引きずり出したところで、力になってもらえるとは思えないわ」

「なら力ずくで言うことを……」

と言いかけるその頭を望森がはたいた。

「この愚か者が。今の俺たちにそんな力があるのかよ」

「ああもうじれったい。拠比、何とかしろ」

「するから黙ってろ」

子尼は目を丸くして神仙たちのやりとりを聞いていた。

「あの、ご案内しましょうか？」

「してくれるのか」

「この術を破る者がいれば、通してよいと言われていたので……」

一同は色めきたち、同時に腹を鳴らした。

「神仙でもお腹がすくのですね」

「修行を積むと飯がうまくなるんだよ。僕僕ちゃん、何か作って」

半ばやけくそ気味に百樹が言う。一刻も早く先を急ぎたかったが、己の幻影との一戦で拠比も疲れ果てていた。疲れは空腹を呼び、もっとも大きな音を立てたのは彼の腹である。僕僕は手際《てぎわ》よく竈《かまど》を組み、袋から食材を取り出して素早く吟味している。

「山道を歩いて疲れただろうから、元気の出るものを作るよ」

潑剌《はつらつ》とした声で言うと、百樹たちは歓声を上げた。

「子尼、お前も僕僕の作る食事を摂《と》るといい」

拠比は誘ったが、子尼は首を振った。

「私は穀絶ちをしていますので」

「穀絶ち？　食事を摂らない、ということか」

「いいえ、摂らなければ命を保つことはできません。しかし、神仙に一歩でも近づくために、なるべく食の根本である穀物から遠ざかろうとしているのです」

僕僕が作った豆と干し肉を煮たものは辺りに芳《かんば》しい香りをふりまき、神仙たちは争うように椀《わん》に装《よそ》っていたが、ぴたりと動きを止めた。

「だから神仙の皆さんがお食事を召されるのを見て、驚きました」

「こ、こんなものはなくても平気なのだがな」

百樹は体の後ろに椀を隠しつつ弁解する。

「いいえ、私は嬉しいんです」

子尼は軽やかな口調で言った。

「私たちは神仙から遠くないんだ、と思うと修行にも精が出ます」

そんなことはあるものか、と拠比は言いかけたが、自分たちがここまで力を失って、人とでもこれほどの術を使える者がいればその差は少ない。おまけに腹も減れば悩みもする、となればあと違うのは一つだけだ。

「しかし、なんで神仙になりたいんだ」

「不老不死の力を身につけたいのです」

百樹の問いに、子尼はまじめな表情で答えた。

「神仙の皆さんは終わることのない時の中で、偉大な力を目指して修行を積むことができるといいます。ですが私たちには、生まれた瞬間から長くて数十年の命しかない。そんなのは寂しすぎます」

「だが、人は神仙になれないぞ」

望森がすげなく言った。

「元からが違うのだ」

「そうでしょうか」

子尼は頷かなかった。

「私には仙骨がある、と導尤さまは仰《おつしや》って下さいました」

「……うそつけ。仙骨の気配はない。お前を働かせるために導尤は偽りを言ったんだよ」

青ざめた少女だったが、納得いかないと首を激しく振った。

「そんな……」

「いや、望森よ。そう言い切るのは早かろう」

戎宣がとりなすように言葉を挟んだ。

「我ら神仙に祈りの力を捧げるために黄帝さまが生み出したのがこいつらで、神仙にするつもりなど毛頭ない」

「と黄帝さまが仰ったのか？」

「……どうだったかな？」

望森は不安になったらしく仲間を振り返ったが、美豊も百樹も首を傾げている。

「私たちのように、長く天地の間にあって蓬萊の気を取り込み、さらに仙骨のある者だけが神仙になることを許される、のよね」

拠比はそう話を振られて困った。

「人を作ったのはそちらの方だろう。どういう理屈で黄帝さまが彼らを作ったのか、俺たちに訊かれてもわからないよ」

だがその時、

「なれるんじゃないかな」

と僕僕が言った。言いつつ、肉と豆の粥《かゆ》の入った椀を子尼に差し出した。

「神仙がこうしてボクの作った食事に舌鼓《したつづみ》を打つ。彼らは神仙だが同じようにできることがある」

「おいおい、同じように土を這うからといって、蚯蚓《みみず》は蛇になれないぞ」

と望森が小さく笑みを含んでからかった。

「そうかな。なれるかもしれない。強く信じてその道に進みさえすれば。昔花と一緒に旅をするようになってから、そう思うんだ」

「そりゃ員神が夜にも顔を出すようなことでもなけりゃだめだな」

笑いつつ太陽を指す。

「どうして起こらないと言えるの？」

「それは……そういうものだからだ」

「そういうもので生きてきた神仙のキミが腹を減らして目を回すなんて、想像できた？」

ばかばかしい、と望森は手を振った。

「全て黄帝さまのされたことだ。何も変わってはいない」

「黄帝さますら想像していないことが起きるとしたら、素敵なことだと思わない？」

「そんなことがあるとしたら恐ろしいね」

望森が肩をすくめたその時、ごう、と音を立てて山が揺れた。

静けさと永遠の象徴である蓬萊の支峰である栴淵の山。天地の隅々にまで恵みを与え、神仙の術力の源となっている山の末端が揺れ動いている。

「これは黄帝さまのしていること？」

僕僕が問うと、望森は頰のあたりを搔いた。

「きっとこの異変の行く末もご存知のはずだ」

「キミたちに探し物をさせているのに？　もし行く末をご存知なら、何かを探させることすらさせないいんじゃないかな」

「そんなことは黄帝さまにうかがわないとわからない」

望森は少し口惜《くや》しげな表情を浮かべてそっぽを向いた。拠比は二人のやりとりを聞きながら、肉豆粥を搔きこんでいた。どのみち味はないのだから口の中で楽しむことはない。ただ、腹の中に収めてしばらくすると湧きあがってくる力を感じるのは愉快ではあった。

「さあ、導尤のところに案内してくれ」

こくりと頷いた子尼は、先頭に立って歩き出した。

「近いのか」

「遠くはありません。ですが、導尤さまが認めたのですからすぐにたどり着けるでしょう」

という会話を交わしてから員神が空の六分の一を周っても着く気配はなかった。

「まだ遠いのか」

「おかしいですね」

子尼が頬に手を当てて考え込む。

「私が一人でお邪魔する時は、いつもすぐに迎えに来て下さるのですが」

見ているのだろうな、ということは微かに感じていた。導尤は炎帝の目を助けるほどの力を持っている。鏡が割れた時点で、こちらが近づいているのは気付いているはずだ。

迷いか、とふと思った。

導尤ほどの神仙の心に浮かんだ迷いが、一行を遠ざけているのだ。山に住んでいるのだから、当然蓬萊の異変は間近で見ているはずだ。黄帝と炎帝それぞれの配下である神仙が、人の姿に変えられて自分を訪ねてきている。

「関わりたくないのでしょうか」

ふと子尼が呟いた。

「神仙は天地のために働くのが務めだよ。自由に生きているようだが、その一点だけは神仙である以上忘れたことはないはずだ」

「では、皆さんと会うことが天地のためにならないとお考えとか。でも、拠比さんたちは何を探して導尤さまのお力を借りようとされているのですか？」

「幻の食材だよ。食べて減らず、味わって飽きず、飲まずとも渇かず、という食材が天地のどこかにあるというのだが、神仙でも霊物でもないから、気配で探ることはできない」

ここで「一」を探していると知られるわけにはいかない。

拠比は迷ったが、黄帝と炎帝の間に溝があることも告げた。

「そんなことが……」

子尼は大きな瞳を瞬《またた》かせた。

「黄帝さまや炎帝さまって、本当にいらっしゃるんですね」

そこに驚いた。

「それはいらっしゃる。天地がうまく巡るよう、日々努められている」

「そうですよね。導尤さまや拠比さんとこうしてお話ししているんですから、黄帝さまや炎帝さまもいらっしゃいますよね……」

「お前はお二人がいないとでも思っていたのか」

「私は神仙と人々の仲立ちをする巫女ですから、もちろん信じています。ですが、人々の中にはそうでない者もいるので……」

「愚かな生き物だ。そもそもお前たちは黄帝さまのおかげでこの天地にあるのではないか」

　抛比の前で、子尼は申し訳なさそうに肩をすくめる。

「いや、お前が悪いわけではないよ」

　後ろで僕僕が腕を組んで睨《にら》んでいた。

「子尼をいじめてたの」

「そんなわけない……」

　と言いかけたところで鍋で頭を殴られた。

「女の子を泣かすと許さないよ！」

「痛いだろ！」

「痛いんだ」

　にやりと僕僕は笑った。

　そう言えば、と抛比は頭を撫でる。雪のような色をした長い髪が乱れ、その下でじんじんと痛みが四方に走っていた。

「ボクも強くなってきたってことかな！」

　僕僕は嬉しそうであったが、抛比は恐ろしくなった。神仙として無力に近い僕僕の一撃に痛みを感じているのである。

「抛比が弱くなったんじゃないよ」

顔を覗きこむようにして僕僕は言った。

「キミの術力はその姿になって確かに弱くなった。でもボクの食事を口にしている以上、力が落ちていってるわけじゃない」

「でも強くなっているわけでもない」

「今持っている力をうまく使うのも修行だよ」

「えらそうに」

「ボクは力を上げている」

それは拠比も確かに感じていた。

「もしかして、お前は祈りの力を使っているのか」

そうだとしたら、腹立たしい話である。だが僕僕はゆっくりと首を振った。

「ボクは食事を作る。誰かが食べてくれる。その美味に心が揺り動かされ、輝く。その光がボクに力を与えてくれるんだ」

「そんな仕組みが……」

「驚くことはないさ。キミだってボクの作るものが力になるよう、炎帝さまに算段を整えてもらってるじゃないか。食べれば力になるキミと、作れば力になるボクが対になるのは当然のことさ」

こんな風に説教までされるとは、と拠比は暗澹たる思いである。それでも無下にできないのは、彼女が作る食事がなければ今の強さすら維持できないからだ。それにしても不公平だ。僕僕は自分以外の者が称賛しても力になるが、拋比は僕僕の作るものでしか力を維持できない。

「拋比さん」

子尼がすっと山の上を指した。彼が振り返ると、小さな木立が点々と続く山裾の風景が広がっている。

「あ、誰かいる」

先に気付いたのは僕僕であった。拋比はわずかに遅れてその姿を捉える。目にも鮮やかな紅の衣を身に付けた大きな梟《ふくろう》である。だが、その瞳は一つしかない。一つしかないが、黒々と大きく輝いている様は遠くからでもはっきりわかった。

「導尤さま！」

大きく手を振った子尼に頷いた導尤は、背中を見せて木立の中に消えた。

「あそこに導尤の洞があるのか」

「そうです」

百樹たちは勇躍して拋比たちを置き去りにし、木立の中に入っていった。僕僕と昔花もそれに続く。だが、しばらくして間の抜けた悲鳴がして静かになった。

「鏡の試練を破ったのは拋比さんたちですから、そうでない方々はしばらく待つようあの木立の中で彷徨《さまよ》うことになると思います」

「ああ、彼らは彼らで試練を越えてこい、ということなのだな」

随分と横柄《おうへい》ではないか、と戎宣は不愉快そうに拠比に囁いた。

「先ほどのお前の幻といい、随分と上からものを言うではないか」

「今の俺たちに比べれば上ですよ」

若干の忌々《いまいま》しさをこめて拠比は言った。

「そうかもな。隠れたり物を見つけることしか取り柄がない癖に」

「それを言うなら俺は水の力を使うだけが取り柄ですし、戎宣どのは速く走ることだけでしょう」

ふん、と戎宣は肩を揺らせた。子尼から離れ、戎宣が旅の本題に触れる。

「それぞれが持っている術力をどうこう言っても仕方ない。今のわしらは導尤の力がどうしても必要だ」

拠比は懐から炎帝鏡を取り出した。

「これがうまく働いてくれなければどうにもなりません」

「そもそも『一』を探すための道具から完成させねばならないのだから、気の長い話だ」

「のんびりもしていられません。蓬萊の異変を止めねばなりませんし、炎帝さまと黄帝さまの仲も元に戻さねば」

「全ては旧のままに、ということか」

「何も変える必要はない。俺はそう思っています」

贊同してくれるかと思った戎宣は黙っていた。

「でもわしら、天地を変えるためにここにおるのだよな……」

拠比は足をすくわれたような気がして戎宣をまじまじと見た。

「いや、そういう意味ではなく」

「天地を変えるのは炎帝さまと黄帝さま率いる神仙たるわしらの仕事だと信じておるよ。だが、これからもそうなのであろうか。天地が我らの意図を外れて変化を始めているのなら、それを後押しする方向でも良いのではないかな」

ばかなことを、と拠比は吐き捨てるように言う。

「それでは老君の意向に背くことになる」

黄帝と炎帝、そして西王母に託された天地は、三聖の意を受けて生み出された神仙たちによって未来永劫《えいごう》導かれていく。今日の次は明日が来るのと同じ程度の真理であった。

「拠比は老君の意向というが、お前は老君に拝したことがあるのか」

「ありませんが、いらっしゃるのを疑ったことはない。……戎宣どの、あなたも子尼のような疑いを抱いているのではないでしょうね」

「もちろん、老君がいらっしゃるとは思っている。この天地を無から生じさせることができるのは、老君をおいて他にない。ただな、当然とされてきたことをもう一度考え直すのは、決して悪いことではない」

「仙丹の錬成などはまさにそうです」

抛比の言葉に戎宣は頷いた。

「天地に視野を広げて考える時期が来ているのかもな」

「それは炎帝さまたちの仕事でしょう」

「というのも古い考えになりつつあるのかも知れないぞ」

木立の中に入ると、百樹たちの悲鳴とも笑い声ともつかない叫びが響いてくる。

「何を見せられているのだろうな」

戎宣が呟くと、どこからともなく声がした。

「彼らの望む姿だよ」

目の前に立っていたのは、戎宣よりも大きな梟の神仙、導尤であった。

第五章

1

拠比の頭ほどある瞳《ひとみ》は硬く閉じられている。この目が見つけられないものはない。だが近づこうとして拠比はその周囲に漂う香りに気付いた。

「酒を飲んでいるのか」

「飲んでいるよ。強烈なやつをね」

梟《ふくろう》はほっほ、と笑った。遠くからは分からなかったが、足はふらついて視線も定まらない。まあついて来い、と言いつつも時々よろけている。

「飲んでいるのは子尼《しに》が持ってきた酒か」

「人間ってのはうまい酒を醸《かも》すんだ」

「酒仙鉄拐《てっかい》の酒の方がうまいだろ」

導尤《どうゆう》の洞は木立の中でも特に大きな一本の中にあった。木立の中はひんやりと涼しく、山の気も濃すぎず快適であった。

「人の酒の方が酔えるとはまた妙なことを言う」

戎宣《じゅうせん》は不思議そうに言った。

「鉄拐は佳き酒を醸すために数千年の時を費やし、いまや一杯飲めば百年の若さを、一甕《かめ》飲《よ》めば仙丹と同じく術力を増すことができるまでに腕を上げた」

「確かに、素晴らしい酒ではあるだろう」

導尤はしゃっくりを一つする。

「だがそれが何だと言うんだ？」

声色が険しくなってきた大梟に戎宣は戸惑いを見せた。

「意味のないことだ」

「おい、絡《から》むな」

「絡んでなどない。人の醸す酒はなんとも雑味の多い、お粗末なものだ。寝かしても数日、せいぜい数年がいいところ。百年千年の時を吸い込んだ鉄拐の酒に及ぶべくもない」

「だったら何故《なにゆえ》わざわざ人の酒を飲むんだ？」

「この雑な味がいいんだよ」

拠比たちは顔を見合わせた。

「たとえばこの酒」

黒土色の甕に入った酒を碗《わん》に注ぎ、拋比の前に差し出す。碗の中には茶色く濁った液体が揺らめいている。戎宣はそこに首元を向ける。

「確かに香りは土臭いし、酒精も薄い」

そして、導尤は拋比に飲むよう勧めた。

「俺は味がよくわからんぞ」

「いいから飲め」

と言われて口に含む。味がどうであるとか期待はほとんどしていなかった。僕僕が心を尽くして作ってくれるものに味を感じないのだ。こんな薄汚い酒を口にするのも気が進まない。

「……うまい」

戎宣が驚いて拋比を見た。拋比も自分の口をついて出てきた言葉に驚いて見返す。

「お前、いま何と言った」

「うまい、と……」

これまで感じたことのない口の中の揺らめきであった。導尤の言うように、確かに雑ではある。土や砂の匂《にお》いが鼻を通っていくのはやや不快ではある。だが、その後に、来るのである。

頬を貫くような甘みと酸味が、酒精に包まれて頭蓋《ずがい》の中へと響いていく。その響きが、うまい、という言葉を抛比に発させたのである。

「どういうことなんだろうな……」

抛比の問いに、わしが訊《き》きたいよと戎宣は肩口を震わせて笑った。

「ともかく、何も美味と感じなかったお前がうまいと思えたのだから、結構なことではないか。導尤に感謝することだな」

目の前の大梟は、瞳を硬く閉じたまま二人を見つめている。

「うまい酒を振る舞ってくれたことには礼を言う。だが、俺たちは炎帝さまの命を受けてお前に頼みごとをせねばならない」

そう言って抛比は炎帝の鏡を取り出した。

「この鏡の力を完全なものにしてもらいたいのだ」

「ほう、それは」

導尤は羽を差し出して鏡を受け取ろうとして落としかけた。抛比はさっと足を出して柔らかく受け止め、羽の上に乗せてやる。

「さすがは流水の剣士として蓬萊《ほうらい》に名を轟《とどろ》かせている抛比のことだけはあるな。動き一つとってもじつに無駄がない」

導尤はしばし動きを止めた。

「光を映しておらずとも、お前たちの顔もこの鏡の力に何が足らぬかも見通せる」

神仙は眼球から光を捉《とら》えるだけではない。修行によって、仙丹によってその力を広げ、増すことができる。とはいえ、導尤の主たる力である全《すべ》てを探し出す能力の源はその瞳にある。

「どうして瞳を開かない？」

「開いていようと閉じていようと意味のないことだ」

「そんなわけがあるか」

「意味の有無は誰が決めるのかね」

「それは……炎帝さまが決めることだ」

「炎帝さまが直接ここに来てそう仰《おっしゃ》っても私はその意に従わない」

不遜《ふそん》な、と拠比は苦々しく思った。炎帝は天地の親の一人として優し過ぎるのだ。神仙は自由であってよい。放埒《ほうらつ》であってよい、とすら思っている節がある。多くの神仙は己が存在する意味を履き違えず、日々その意に従って修行に励んでいる。

「拠比は真面目《まじめ》だな」

導尤は肩を竦《すく》めた。

「感じるよ。お前がどれほどに炎帝さまを愛しているか。そしてこの蓬萊を大切に思っているか」

だがそれは、脆《もろ》く危ういものだと導尤は呟《つぶや》くように言った。

「どういう意味だ」

拠比が詰め寄ろうとした時、後ろでどかどかと足音がした。振り返ると、百樹たちが肩を大きく上下させながら近付いてくる。

「何だ、恐ろしいものでも見たか」

百樹たちは一様に青ざめているが、頬だけは赤い。

「えらいものを見せてくれるじゃないの」

美豊がものすごい剣幕で導尤へ近づこうとしたが、見当違いの方へと進んでやがて壁にぶつかって目を回した。

「何を見たんだ？」

戎宣が訊《たず》ねると、三人は互いに顔を見合わせて言葉を濁した。

「ええと……」

お前が言えよ、と互いに横腹をつつき合っている。そこに、昔花がよろよろと木立から出てきた。

「おい、大丈夫か」

倒れそうになるところを拠比は支えてやった。ぽう、とした顔で拠比を見上げていた昔花は、はっと我に返って拠比を押しのけた。

「だ、大丈夫ですから」

耳も顔も真っ赤にしている少女の具合が悪いのかと心配していた抛比に、美豊が何事かを囁《ささや》こうと顔を近付けてきた。

「言わないでよ！」

どん、と押しのけたので美豊はよろめいて百樹にぶつかった。

「あら、抛比の奥さんになった幻影を見てにやけていたのは誰かしら」

「ちょ……」

これ以上ないくらい顔を紅潮させた昔花は石を投げて暴れる。抛比は水球を飛ばして石を落とした。

「何をそんなに暴れている。心配せずとも俺とは結婚などできない」

「ひどい……」

膝《ひざ》から崩れ落ちて顔を覆《おお》う昔花を見て、美豊は肩をすくめている。

「抛比さんはさあ、乙女心ってのが全くわかってないね」

「乙女心？　何だそれは。ともかく、昔花は人で俺は神仙なのだから、つがいになることは無理だろう」

「あんたみたいな男を人の世界ではトウヘンボクって言うらしいよ」

「愉快な響きだな」

美豊の相手をしつつ周囲に僕僕の姿がないことに気付いた。

2

美豊は大きな梟の胸元にすらりとした指を突きつけた。

「僕僕ちゃんをどこにやったのかしら」

「どこにもやらない」

「とぼけないで。あの木立の中、あんたの術で作った結界でしょ？　子尼に渡した鏡と似たような力を周囲に張り巡らせて、気に入らない者は近寄らせない」

「誰でも、望む姿を見ては平静でいられない。神仙であっても、だ」

あれは望む姿だったのか、と拠比は納得した。あのあふれ出る力が形となって身を飾っている華々しさは、己の姿ながらうっとりと見とれてしまうほどのものであった。修行が完成すれば、あれほどの力を手に入れられるのだろうか。

「確かに素晴らしい光景だった」

百樹が瞳を潤《うる》ませて宙を見つめている。そこに望む姿の残像があるかのような、恍惚《こうこつ》ぶりである。

「無事に木立を出てくるもよし。そのまま永遠に幻の中をさまようもよし」

「馬鹿《ばか》なこと言わないでくれる？　僕僕ちゃんがいないと、そこの拠比は飢えて倒れちやうのよ」

「お前たちもだろ」

戎宣が言うと美豊は小さく舌を出したが、すぐに表情を真剣なものに改めた。

「その僕僕というのはお前たちにとって大切な存在なのか？」

「当たり前よ。あの子がいなければ私たちの腹が鳴りっぱなしになって大変なのよね」

「それほど大切なら、お前たちが望む姿を示して助け出してやるといい」

「助け出さないとどうなるのよ」

「心の弱い者は幸せな幻の中で永遠にさまようことになる。だがその弱さは決して悪いことではない。見たい姿だけを、望むことだけを感じて時を過ごせるのであれば、これほど素晴らしいことはない」

拠比は導尤に背中を向けた。

「木立の中に入るのは勧めない」

その背中に導尤が声をかけた。

「人の姿となって多くの力を失ったお前は、望むものが多すぎる」

「だとしても、僕僕は救わねばならん」

「腹が減るからか？」

「あの娘は炎帝さまから預かったものだ」

「彼女なりに望む姿があり、望む未来がある。幻の中にいたいと思う心を引きはがすことこそ、残酷なことではないか」

拠比は違う、と首を振った。

「見なければならないことから目を背けているあんたと俺たちは違うのだ。頼む。瞳を開いて我らに力を貸してくれ」

導尤はじっと黙っていたが、やがて口を開いた。

「天地も修行も全て幻と悟れば、お前たちの探し物も幻となる」

「導尤、あんたの心にある探し物を俺たちが見つけられれば、その力を貸してくれるか」

黙り込んだ梟を置いて、拠比は木立の中へと足を踏み入れた。己の幻がまた現れたらどうするか、という心構えはできていた。

やがて、幻影が呼びかけてくる。理想の自分と一体になれ、と誘う。時に甘く、時に刃《やいば》を向けて脅してもくる。

「己の願いに勝てるのか？」

そう問いかけてくる。勝つも負けるもない。この木立の術は己の姿しか見せないことに気付いていた。

「僕僕！」

拠比は声を上げる。

「俺は腹が減ったぞ！」

木立の中に声が響いて消えていく。その間にも、拠比自身の幻が現れては消えていく。きらびやかな力に彩《いろど》られた自分、炎帝の傍に侍《はべ》って神仙に号令をかけている自分……

「違う！　そうじゃない」

木立を掻《か》きわけ、枝を踏みおり、延々と続く緑の中を駆け抜ける。現れる幻影の姿がどんどん粗末なものへと、今の拠比へと近付いていく。

そして、やがて幻は一つの像を形作った。腰を下ろして、空を見上げている姿だ。そんなだらしない格好になるのは、あの時以外にない。

あの俺は目を回しているに違いない。だが、そんな姿を見逃さない者が近くにいる。空腹を見極めて竈《かまど》を組み立て火を熾《おこ》し、湯を沸かして肉と蔬菜《そさい》を切る。幻影を見ているというのに、音と香りが漂ってくるような気がした。

その人が現れる。ほかほかと湯気を上げた皿を掲げて、差し出してくれる。人というのは本当に不便だ。食わねば満足に動くこともできない。

「さあ、どうぞ。キミの腹を満たすのはボクの務めだ」

術の力がないのに偉そうな口のきき方をする生意気な娘だと思っていた。だが、それは生意気なのではなく、力を失った神仙の腹を満たし、力を維持させるための食事を究めている誇りから来るのだ。

「その皿は、俺のものだ」

幻に差し出そうとする皿を、拗比は強引に奪い取った。僕僕はきょとんとして、二人の拗比を眺めている。

「どっちが本物？」

拗比が俺だ、といえば幻影も同じように言う。

「何故わからないのだ。腹をすかせているのはこちらだ」

同時に言われても皿は一つである。

「じゃあ、半分のこして食べて」

「そういう問題では……」

という拗比たちの前に箸《はし》が差し出された。

「食べっぷりを見て、どちらが本物か判断するよ」

「任せろ」

と幻影の拗比が先に口に入れる。口に含みゆっくりと咀嚼《そしゃく》する。背筋を伸ばして瞳を閉じ、持てる感覚を全て舌に集中させているようだ。やがて真剣だった表情に変化が生まれる。ぐっと引き締めていた口元がほころび、上がっていた目じりが下がる。鼻梁《びりょう》が何度かふくらみ、その中を香気が往復しているのがわかる。

「……うまい」

その一言には万感の思いがこもっていた。あれほどの表情で食を楽しめたら、さぞ愉快なことだろう。僕僕も満足そうにその様子を見つめている。幻影は抛比自身から見ても、完璧《かんぺき》と感じられる作法で食事を全うした。

「次はこっちの方の抛比の番だよ」

同じ皿を渡される。ほくほくと湯気を上げる料理にこめられた努力と心遣いを、今の抛比はもう十分理解している。あの酒を美味《うま》いと思えたのだ。己の味覚にも変化が生まれている。

きらきらと輝く肉と菜を箸で挟み、口の中に含む。十分に熱いが不快なほどではなく、油にくるまれたいくつもの膨らみが頬の中に広がっては消えていく。

これがきっと味というやつだ。人を幸せにし、時に忘我の境にまで連れていく不思議な力だ。その徴《しるし》に届きそうな気配はある。だが、何かを感じているという実感はない。

うまい、という言葉を出そうと思った。僕僕の食事を幻影に奪われるわけにはいかない。だが、偽りを言うことはできなかった。きれいに平らげることはできたが、結局いつものように表情も言葉もなく食べ終わってしまった。

「わかった」

僕僕は頷《うなず》いて空になった皿を見比べた。

「どちらも見事な食べっぷり。ボクの料理を食べてくれるいつもの拠比に変わりない。一人はとても美味《おい》しそうに食べて、大いに称讃《しょうさん》してくれた」

幻影の前に立った僕僕はにこりと笑う。そして背中から黒鋼《くろはがね》の平鍋《ひらなべ》を取り出す。

「贋者《にせもの》は去れ！」

平鍋を振り上げると、ぼわあんと間の抜けた音があたりに響く。幻影は舌を出して朧《おぼろ》となり、やがて消えた。

「去れ、っと言ってもボクの願いが呼んだんだけどね」

「いや、あれは俺が呼んだ。自分が望む姿を見せるのが導尤がこの木立に籠《こ》めた力だ」

「キミはボクが呼んだ、と思っていたけど……。ということは、あの拠比はキミが望んだ姿なのか？　ボクの作ったものに舌鼓《したつづみ》を打ってくれていたけど」

「それは……」

ふと背中のあたりがむず痒《がゆ》くなった。

「いや、きっとあれは僕僕が呼んだんだ」

そのむず痒さを消そうと慌《あわ》てて口を開いた。

「そうかな……。そうかもね」

あまりこだわらず、僕僕は笑顔で頷いた。

「確かにボクは、キミにおいしいと言ってもらいたいと願っていた」

「でも、あれは贋者だと見抜いた」

「そりゃそうだよ。味に対して嘘《うそ》をつくなんて、本物の抛比にあるまじきことだ。幻の力を借りずとも、必ずおいしいと言わせてみせる」

決然とした横顔に思わず見入ってしまいそうになった抛比は、一つ咳払《せきばら》いをした。

3

「よし。これから導尤のもとへ向かうぞ。炎帝鏡を何とかせねば前に進めない。これで文句は言わせない」

「駄目だよ」

向かいかける抛比の手を僕僕は摑《つか》んだ。

「言っても力になってくれない。断る口実にこの木立を使っているだけだから」

「口実とはどういうことだ。嫌ならはっきり断ればいいのに」

僕僕はしばし考えていたが、何かを思いついて手を打った。

「導尤は優しい神仙なんだ」

「妙な幻を見せて惑わすのが優しいか？」

「だって、望む姿を見せてくれるんだよ。遥《はる》か高みの自分を目にしたら、大抵のことはどうでもよくなって導尤に厄介ごとを頼む気も失《う》せるってものじゃないか」

「それはまた別の話だろう」

「別じゃないよ」

僕僕の表情は真剣だった。

「自分が望む姿を諦《あきら》めたから、他の神仙には望む姿を見せてその幸せにひたって欲しいと考えるのは、もてなしの心としては十分だと思う」

「もてなし？　少なくとも好意は感じないな。ともかく、俺は契《ちぎ》りを果たした。次は導尤にやってもらう番だ」

木立を抜けて導尤の洞に戻ろうとすると、僕僕は少し待ってて、と言って木立の中へ戻っていった。

「おい、また幻に捕われるぞ」

「大丈夫。ボクがいま望んでいるのは別のことだから」

そうして戻ってきた僕僕は、満足そうな表情で調理道具の入った大袋を肩に担《かつ》ぎ直した。

だが、木立を再び抜けても導尤の姿はなかった。ぼんやりとしている戎宣の背中を叩《たた》くと、はっと我に返った。

「導尤は？」

「あれ、今そこに……」

と蹄《ひづめ》を指す先に大梟の姿はない。

「話していたんだよ。炎帝鏡にどのように導尤の力を埋め込んでいくかという細かい話をしていたはずなのだが」

少し離れたところでは、百樹たちもぼんやりと立ちつくしている。おい、と声を飛ばすとびくりと身を震わせて拠比を見た。

「あの目ん玉は渡さねえぞ！」

いきなり百樹が大きな声で言ったので、美豊がその頬をひっぱたいた。

「ばか！　拠比たちが聞いてるだろう」

叱《しか》りつけるのを聞いて、拠比たちは顔を見合わせた。

「お前らな、導尤の目玉だけ使っても探し物は見つからんぞ」

「だからって言うこと聞かさなきゃどうにもならんだろ。あと少しで従わせることができたのに」

百樹のくやしそうな口調に、導尤が彼らに何を見せていたのかわかった。

「戎宣、ここにいる面々が望んでいる姿を見せられているうちに逃げられたみたいだ」

「そうみたいだな」

戎宣は申し訳なさそうに肩を落とす。

「しかし、導尤はどうして瞳を閉かないのだ。面と向かって話している間その気配を探っていたのだが、自ら抑えているという風でもなかった」

それは思った、と望森も近付いてきた。

「力を失っているというか、そもそもそんな力があったのかと疑いたくなるほどだった」

「そんなに簡単に隠せるものではないよな」

神仙の力を増すのは修行や仙丹によるものだ。そして大きく減じるのは増すよりも難しい。そもそも、減らそうと思う者の方が珍しいが、そうしようと思えば炎帝のような遥か高位の神仙の力がいる。そうして抛比も戎宣も力を失った。

「誰かが炎帝さまに力を下げるよう頼んだ、という話も聞かないし……」

「黄帝さまか？」

抛比が訊ねると、美豊は首を傾《かし》げた。

「互いの神仙がいけないことをすれば叱って追い払いはされるだろうけど、主たる力を奪うことはあまりしないわね」

「もめ事の元になるしな」

「今の黄帝さまならやりそうな気がするが」

「そんなことするかよ」

戎宣の言葉に百樹がむっとして言い返すが、壁のことなどを持ちだされて黙り込む。

「今はそんな言い合いをしている場合ではないだろう。俺たちは互いの探し物をするためにここまで手を取り合ってきた。でも、もはやここまでだ」

望森が言った。

「ほう、そうかい？　互いに探し物があるのだから、導尤がその気になってくれるまで、力を合わせていた方がいいのではないか」

とぼけた口調で戎宣が言うが、

「いや、俺たちの探しているものをお前たちに知られたくないのだ」

「何故だ？　わしらは僕僕のために幻の食材を探しているだけだ。黄帝さまの領域に入れているのも、白仁子の好意あってこそ。何を警戒することがある。わしらに敵意がないのは、ここまでの旅路でよくわかったはず」

「そうだよ」

先ほど戎宣と睨《にら》み合っていた百樹が助け船を出した。

「こいつらにそんな気もなければ力もないよ」

「私たちが前のままなら、そんな風に余裕こいていられるかもね」

美豊も難しい顔をしていた。

「あんた達は思ったより気のいい連中だった。黄帝さまが壁を作ったのは、あんたたち炎帝側の神仙がよからぬ企《たくら》みを抱いていると聞かされていたからよ」

よからぬ企みをしているのはそちらだろう、と拠比は思ったが、戎宣は静かに聞いている。

「だが、今のあんた達じゃ炎帝さまが何を考えているかまではわからない。力を失って下っ端《ぱ》の神仙程度の術力しかないからな」

「私たちと同じようにね」

「そう、同じように……っておいそりゃないだろう」

美豊に文句を言いかける百樹の頭を望森が叩く。

「ともかく、話はここまでだ。導尤の力は俺たちが必要なように使わせてもらう。あんた達に文句は言わせない」

「言うつもりもないさ」

戎宣の言葉に頷いた望森は百樹と美豊を促して去った。僕僕はきょとんとしてやり取りを見つめていたが、

「一緒に探せばいいのに」

とそれだけ言った。

4

「そういえば」

子尼が思い出したように言った。

「ここ最近、希瞳《きどう》さまを見ていません」

「ということは、最近までいたのだな」

ええ、と子尼は頷く。

「ですが希瞳さまは普段でもちらりとお見かけするくらいでしたから。すぐに見えなくなってしまうのです」

「どんな姿をしていたのだ」

戎宣は勢い込んで訊ねた。

「どんな、と言われましても……。いつも瞬《まばた》きの間に消えてしまいます」

「それも無理もない。希瞳は色彩の神仙だ。あらゆる色は彼女が生み出し、自在に操ることにかけては敵《かな》う者はいない」

「見えないのではなく、見えていないだけなのではないか」

拠比は注意深く辺りを見回したが、無駄だともわかっていた。

土は陽光を照り返して土色となり、大海は光を吸い込んで青く輝く。世の全てには色があり、その在り方を示している。老君が天地を創《つく》ってより、その彩りとなったのは色である。炎帝、黄帝ですら無色であったところに彩を与えたのは、実にこの希瞳であるという。

「わしなどより随分と古いからな。色のある所には必ず希瞳の恵みあり。陰陽正邪あらゆる場所に色を与えたと伝えられる」

戎宣は黒く光る蹄を上げて見せた。

「これが黒く見えるのは即《すなわ》ち、希瞳の力の表れだ」

「色は長い年月をかけて作られたのですか？」

子尼の問いに戎宣はその蹄を振った。

「一瞬だ。老君によって天地の礎《いしずえ》と共に三聖が生まれ、そして炎帝さまが希瞳を生み出した。その時、色のない天地に彩りが広がったのだ」

「一瞬の間に……。すごい」

子尼は目を丸くしている。

「天地にはこんなに色が溢《あふ》れているのに」

「そう。色は自ら交わって新たな色を作るのだが、その道筋を作ったのが彼女だ。凄《すさ》まじい力だし、色を作るにはそれだけの力が必要、ということなのだろう」

戎宣は拠比に体を向けた。

「それで仕事を終えたわけではなかったな」

「よくは知らないが、新たな色を作るために修練を積んでいたとか」

確かに希瞳の姿がなかった。あらゆる失せ物を見つけ出す導尤と対となっていたのは、希瞳という神仙である。

拋比もその姿をしかと見届けたことはない。

導尤と対になっていると聞いたことはあるし、その存在を感じたこともあるが、せいぜいその程度だ。

「どのような姿をしているんだ」

拋比が訊ねると、はるか昔に見たことがあるという。

「世の彩は全て彼女から生まれた。その姿は美しい羽を持つ蝶《ちょう》と表されることもあるが……」

梅淵《せんえん》の頂の方から山鳴りが聞こえてくる。

「山が騒がしいな。ここ最近より激しくなっているように思える」

「山の上の様子も見たいが……」

濃密な気の中に行くことは躊躇《ためら》われた。

「だが、導尤が山の上にいるとなれば、どのみち行かねばならん」

拋比は僕僕と昔花に、子尼を村まで送り届けるよう頼んだ。

「ボクも行くよ。食事はどうするんだ」

「何食分か持っていけるようなものを作って欲しい。そして俺たちが戻るまでは村から動くな。山の上の気はお前にはまだ毒だ」

「今の拠比にも毒だよ」

「だが俺たちは導尤を探さなければならない」

「キミの行くところはボクの行き先だ」

拠比は言葉を失った。僕僕の瞳がまっすぐ自分を見つめている。こんなに強い光を放つようになっていたのか、と拠比は先に目を逸《そ》らしてしまった。

「さあ、行こう」

先に行こうとしたのは僕僕の方であった。

「行こうって、お前は導尤がどこに行こうとしているのか知っているのか」

「知らないよ。きっとこの場所に意味があるんだよ」

「それはそうに違いないが、山は大きくて居場所を探るのも大変だ」

「でも歩いていればいつかたどり着くよ」

拠比は驚いて僕僕のよく光る瞳を見返した。

「さっきの木立でも、ボクは拠比にたどり着きたいとだけ思って歩いていた。そうしたら、キミが現れた」

「思うだけで無から有を作りだせるのが我ら神仙というものだが、今はそういかなくなってしまった」

「神仙じゃなくたっていいんだよ」

「どういうことだ？」

僕僕は昔花たちを指す。

「この子たちは思うことでボクたちを引き寄せたんだ」

「それは違う。俺たちの進む道と彼女らの道が交わっただけだ」

自分が何故このように依怙地《いこじ》になっているのか、拠比はわからなかった。かつては透き通っていた己の魂魄《こんぱく》に濁りを感じる。苛立《いらだ》たないように努めても、なかなかうまくいかない。

「ともかく、思うだけでかなうのは神仙のみに許されたことだ。人が出来るのは、己の分を守って生きるか、神仙に祈りを捧《ささ》げることだけだ」

「百樹たちと同じこと言ってるよ？　炎帝さまの神仙はもっと自在だと思っていたけどな」

「自在は神仙にのみ与えられたものだ。仙骨がないものは限りある命を受け継ぎながら、天地の間にあって巡るのが定め。それ以上にもそれ以下にもならない」

「まあまあ」

戎宣が割って入った。

「抝比は僕僕の作る食事がなければ動くこともできんだろ。山の気は濃淡があるから、間を縫って探そう」

僕僕と昔花たちは手を振り合っている。

「姉妹のようだのう」

戎宣は楽しげに言うが、抝比は釈然としなかった。

「難しい顔をしているが、同じでいいではないか。わしらも老君と三聖に産み出されたという点では、人間たちと同じなのだぞ。仙骨があるから永遠を約束されているが、限りがあるからこその輝きというのも感じる」

「戎宣どのは人に肩入れしすぎます」

「もう肩から下しかないからな」

「下らんことを言いなさるな」

蓬萊の山に道はない。神仙に道は必要ない。そうと望めば雲を踏んで万里の道も一瞬で行ける。その力があったとして、この山で気配を消した神仙を探すのは至難の業である。

「抝比よ」

歩き出してしばらくして戎宣が言った。その背中には僕僕の荷物が積まれている。わずかに高度を上げただけで山の気が急に濃くなったからだ。僕僕は苦しげだ。拋比も既に息苦しさを覚えている。

「気口が近いのだな」

神仙が修行を行う山気の噴出孔はどこにできるかわからない。しばらく歩いているうちに、僕僕が足を止めた。

「どうした。疲れたか」

振り向くと、遥かに黄色みを帯びた大森林が山の裾野《すその》を覆うように広がっている。

「呼んでる」

「誰が？」

僕僕は山肌を駆け下りていく。どうしたんだ、と訝《いぶか》しげな戎宣を置いて、拋比もその後を追った。

「俺の飯は！」

「キミの飯よりこっちの方が大変なんだよ！」

「俺の行く道はボクの道というのはどうなったんだ！」

「すぐに戻るからその辺で待ってて！」

全く世話の焼ける、と後を追ううちに、山の気が徐々に薄くなってきた。僕僕は以前より速く駆けるようになっていた。山肌に転がる岩を飛び、時に宙を駆けるように走る。

僕僕の中にある仙骨が少しずつ力を増しているのかもしれない。それはそれで、心強いことではあった。

「それよりも何が呼んでいるのか教えろ」

僕僕の視線の先には、二人の少女が立ち尽くしている。先ほど別れたばかりの昔花と子尼の肩を抱いて支えていた。

「どうしたの」

「村が消えました」

子尼が呆然《ぼうぜん》としつつ言う。

「妖《あやかし》か獣でも来たか」

拠比が訊ねると、

「導尤さまがふいに姿を現されたのです。そして羽をさっと払われると、村ごとなくなっていたのです」

「どこへ向かった」

昔花が頂の方を指した。

5

こうなれば頂に向かうしかない。

「導尤さんより村の人を探すのが先だろ」

僕僕が頂へ向かおうとする拠比の袖《そで》を摑んだ。

「確かにそうだが、導尤の術で消えたのなら、奴《やつ》に何とかさせる他ないだろう」

「導尤さんがそうした理由もわからずに追っても仕方ないよ」

何もなくなった村であったが、拠比は奇妙なことに気付いた。村の周囲は黄金色の葉を持つ杼梓《しょし》の森に囲まれている。そこを切り拓《ひら》いて桃などが植えられているのだが、その一本が奇妙な揺れ方をしていた。

山肌から吹き下ろす風も収まっているのに、そのあたりだけがざわざわと揺れている。拠比は歩み寄ってその揺れているあたりに手をそっと出してみると、

「ひゃっ」

という可《か》愛《わい》らしい声がした。

「誰かいるのか」

拠比が訊ねても気配はない。だが、確かに何者かの声はした。

「この村の人間なら心配しないでほしい。炎帝配下の神仙、拠比という者だ」

極力穏やかに言ったが、たたた、という軽やかな足音がしてその声の主は走っていく。

拠比は小さな霧を呼び出し、ふっと足跡の遠ざかった方へと放った。やがて霧は、人型の部分だけが虚《うつ》ろとなる。

「子尼」

拠比が手招きして巫女《ふこ》を呼び、霧に開いた穴を見せる。人型のその穴は慌てたように手足を振り回していたが、子尼の姿を見て動きを止めた。

「寿樹《じゅじゅ》ね？」

名前を呼ばれたその影は泣き声を上げて巫女にすがりついた。

「やっぱり神仙なんてろくなもんじゃない」

「そういう事を言うものではありません」

子尼は拠比を見て慌ててたしなめるが、

「いや、何の理由もなくこんなことをするようでは、怒りを抱かれても当然だ。導尤は失せ物を探す力には優れているが、一瞬にして人の色を奪うなどというのは聞いたことがない」

僕僕は粥《かゆ》を作り、寿樹という少年の影に渡す。ごくり、と飲み込む音がしたが、粥が影の中を通っていく様子が見えるわけではない。

「表面の色だけを奪われているようだな」

戎宣も近付いてきて言った。その体にいくつかの石がぶつけられた。拠比たちにも礫《つぶて》は飛び、僕僕をかばって拠比は水の盾を出そうとする。だがその前に、僕僕は平鍋を盾として己を守っていた。

「怒る相手を間違えている」

「仕方ないよ。この人たちからすれば、自分たちの色を奪ったのは神仙だし、同じ神仙のボクたちに怒りを抱くのは仕方ない」

「人間というのはもう少し神仙に敬意を持っているかと思ったがな」

「いいことをすれば尊敬されるし、悪いことをすれば敵意を抱かれるのは当たり前のことだよ」

「だからと言って彼らの機嫌を取るようなことはするべきじゃない」

「機嫌を取るのではなくて、困っている人を助けるんだ」

そうじゃない、と拠比は首を振った。

「助ければ彼らは俺たちに祈るようになる。彼らは祈りの力を神仙に捧げて己の願いをかなえられるかもしれないが、それでは神仙と人の間に主従を作ってしまう」

「満たされている時の願いはどうかわからないけど、こうして色を失ってるんだよ」

色がなんだ、と拠比は思う。姿はかりそめのものに過ぎない。魂魄の表れとしての容《かたち》なのであるから、人が透明になっているのであれば、それを受け入れればいいだけの話なのだ。

「そうはいかないよ」

僕僕はくちびるを尖《とが》らせた。

「人にとっては姿も大切なんだ」

それに、と僕僕は言葉を継いだ。

「導尤さんが人の色を奪うことで何かをしようとするなら、他の村でも同じことを繰り返すかもしれない。問題は導尤さんが何をしようとしているか、だけど……」

行くしかないな、と戎宣はため息をつく。

「居場所のあてができたのはいいが、よりによって頂か」

「俺に考えがある」

拠比は薄い氷の膜を呼びだした。

「この中に入って頂まで行こう。山の気と多少なりとも隔てられる」

「頂に着いたらどうする？」

「そうなったらまた考えるさ。栫淵の気は頂に近いほど濃くなるが、少しくらいは動けるだろう」

「しかし、それでは……」

多くの足音が背後から聞こえた。姿は見えないが、子尼の村の人々であることは間違いなかった。

「神仙さま、どうか僕たちの色を取り戻して下さい。先ほどの無礼は謝ります。生贄《いけにえ》が必要なら俺の命を使って下さい」

寿樹の声のする場所での草の寝方から、跪《ひざまず》いているようであった。

「止《や》めてくれ。生贄なんかいらない。こっちはこっちで導尤の力が必要なんだ」

「ぼくたちにも色が必要です。これじゃみんなのことが見えない……」

「それは俺たちに任せろ」

「ぼくたちどうすればいいの？」

という寿樹の肩に手を置いた僕僕が、

「首尾よくいくよう祈っておいて。ボクたちがきっと子尼とキミたちの色を取り戻して見せるから」

さっと草を踏む音がいくつもした。拠比は以前経験した、体の奥底がぽうっと熱くなるあの感覚が体を包む。祈らなくても……と言いかける拠比の手を僕僕は握る。

「ボクたちは今のままでは蓬莱の頂に近付けない。近付けたとしても長くは動けない。そうでしょ？」

拠比は頷く。

「そしてこの村の人たちも、ボクたちの助けがなければ色を取り戻せない」

「互いに利用しろ、というわけか」

「お互いに必要なら手を携えたらいいんだよ。食材だって組み合わせで何倍もの力を発揮するんだし。まだキミには実感がないだろうけど」

拋比は頷くしかなかったが、正直、ほっとしてもいた。

「安堵《あんど》が顔に出ているぞ」

戎宣に突《つつ》かれて咳払いをする。

「この姿は心の中に現れたことをそのまま表情にするから始末が悪い。まるで俺の修行がなってないみたいではないか」

「なってないんだよ。今のお前は神仙よりも人に近く、わしはただの馬に近いような気がするよ」

「勘弁してくれ」

氷の膜を僕僕と戎宣にかぶせる。

「気休めにはなってくれるはずです」

戎宣は平気な顔をしていたが、僕僕は青ざめていた。

「寒い……」

肉体を自在に操る術は上達を見せていたが、寒暖の中で平静を得るまでには至っていないらしい。

「拋比よ、お前の氷膜の中に入れてやれ」

「同じですよ」

「お前自身の氷の球なら加減ができるだろう。大きくしてやるとか、外だけ冷たくして中は温かくするとか」

なるほど、と頷いて拠比は僕僕を自分の氷球の中に招き入れてやる。水は冷熱共に対応することができる。拠比が氷の球を少し温めると、僕僕はほっと胸を撫で下ろした。

「でも、この術を使うと拠比が消耗するんじゃない？」

「仕方ない。頂に着くより先にお前が参ってしまえばどうしようもない」

「お腹《なか》が空《す》いたら言うんだよ」

「そういう時は偉そうだな」

三人は山の頂に向けて歩き出す。

険しい山肌だが、先ほどより苦しさは感じない。氷膜に守られているので、高度を上げても山の気で息が詰まるということもない。

戎宣は踊り上がって、山肌を走りだした。やがて蹄は地を蹴《け》らず、宙を蹴り始める。拠比も自らの周囲に水の翼を呼び、大きくはばたく。

眼下を流れる地の色は、黄から銀、そして金色へと変わっていく。歩けば何日かかるかわからぬほどに高く、そして険しい。

「黄帝さまの生み出した人の価値は、ここにあるのかもしれんな」

戎宣が宙をひと蹴りするたびに、梅淵の山肌をとりまく気が波立つ。それは拠比の翼の前後でも同じであった。

「祈りの力か。だがこれは……」

蓬萊の気は目に見える。祈りは見えない。なのに確かに感じられるのは、梅淵の気よりも祈りの力なのだ。小さくなった仙骨に温かい風が吹きつけている。それが祈りの力である。

「導尤に飲まされた酒に似ているな」

拠比はふと呟いた。

人の祈りは神仙が心気を凝らして術を発する際のものに比べて、雑である。透き通ってもいないし、一定でもない。揺れては濁り、時には途切れる。

「だが強く、味わいがある」

戎宣が言った。

「なあ僕僕」

鞍《くら》の上の僕僕は頬を紅潮させていた。

「体が熱いよ」

「熱いの冷たいのと注文の多い娘じゃな。だがそれも仕方ない。あの村でもっとも術力のある娘が祈りを送っているのは、お前さんじゃからな」

子尼からの祈りは僕僕に送られているようだった。

「誰からの祈りかわかるのか」

「知り合いだとわかる」

戎宣は拠比をちらりと見て、肩をすくめた。

「お前のところは一人だ。人望がないのう」

「一人？」

もっと多くの人間から祈りが送られているのかと思っていた。

「昔花がお前のために懸命に祈っているよ」

「他の者は？」

「わしだ」

嬉《うれ》しそうに戎宣は言った。

「役に立ってくれそうな者に祈りを捧げておるわ」

戎宣の気力はさらに充実しているようであった。傾斜は垂直に近くなり、僕僕は拠比の肩口にしがみつくようにしている。

「僕僕よ」

戎宣は優しく声をかけた。

「お前も自らの力で飛んでみんか」

顔を上げた僕僕は、できるのかなと不安そうであった。蓬萊の山を取り巻く山の気は時に集まって雲のようになっている。雲はただそこに漂っているだけでなく、時に生き物のように自ら動き、遊び、集まっては分かれていく。

「ボクの力で？」

僕僕は風の中に現れては消える雲の塊を見つめていた。彼女が手を出すとその周りにじゃれつくように五色の雲が踊る。

「この娘、祈りの力と山の気、その両方と心を通わせている……」

拠比も驚きをもってその光景を眺めていた。山の気は取り込んで力とするもので、意思のある存在ではない。

「これも昨今の変化と関わりがあるのか」

「かもしれん……」

僕僕の周囲に集まった山の気はやがて彼女を包み込むように雲の形となり、戎宣の鞍の上からさらった。

「おい！」

慌てた天馬がその後を追おうとしても、力を取り戻した彼よりも僕僕の乗る雲はさらに速い。

「なんてこった」

「おい、僕僕が連れて行かれるぞ！」

戎宣が拠比に言うが、拠比は力が戻ったとしても戎宣の速さには及ばない。僕僕を連れ去った雲はやがて巨大な円筒状になっている山肌を巻いて消えてしまった。

「何者かの罠《わな》か……」

「黄帝さまの手が回っているというのか？　あの三馬鹿がここに来ているとも思えないが」

ともかく追おう、と戎宣と拋比が行きかけた時、目の前に雲が忽然《こつぜん》と現れた。そこからぽこんと顔を出した僕僕は、満面の笑みである。

「この雲、〝彩雲〟っていうんだ。一緒に行ってくれるって」

「話せるのか」

「言葉は出ずとも心は通じるから」

僕僕は彩雲の上にあぐらをかくと、先に行くよ、と空へと消えた。

6

垂直の崖《がけ》に沿って上昇を続けるうちに、さすがに拋比も体が重くなってきた。

「溶けた鉄の中を飛んでいるみたいだ」

戎宣の言葉に拋比は頷いた。祈りの力は休むことなく届いている。それが力を与えてくれているのにも拘《かか》わらず、もはやはばたくことも難しいほどに重い。僕僕の彩雲とはかなり差をつけられてしまった。

「祈りを受けているとはいえ、あれほど急に力が増すのだな」

「おいしい、と称賛を受けることで上がる力か。炎帝さまも面白いことを考えなさる。黄帝さまの考え付いた人間の祈りに近いものなのかもしれんな」

「食い物の方がましです」

拠比はそう考えていた。

「食うことは誰かを屈服させてるわけじゃありませんから」

「そう言う割に拠比は僕僕の尻《しり》に敷かれているように見えるぞ」

「気のせいです」

濃い気の中をゆっくり上がっていくと、不意に視界が晴れた。

支峰とはいえ、蓬萊の気が強く噴き出す山の頂を訪れることは、神仙といえども滅多にない。天地の恵が湧《わ》きでる聖地であり、最上級の神仙が鍛錬を行う場だ。やがて傾斜が緩やかになった。

「お山もここまで来ると趣がまた違って見えるものだな」

戎宣が感慨深げに言った。傾斜はやがてなくなり、草原のようになった。一面に咲き誇る花は可憐《かれん》であるが、その一つ一つが神仙に匹敵するほどの気を放っている。僕僕が手を伸ばして触れようとするのを、戎宣が止めていた。

小さく見える頂であったが、降り立ってみると無限に広い平原のようでもある。風もなく太陽の員神が随分と近く見えた。この平原の中央に、栴淵山の火口がある。

「何か様子が変だぞ」

王弁は平原に降り立つ。足の下に草を踏むだけで体中がびりびりと震える。だが、それは蓬莱の草花が放つ気のせいだけではなかった。

「山が揺れている」

それは間断なく、まるで苛立っているかのように、大きく、また小さく波のように体を震わせていた。

「王弁、あれを見て」

ふと横を見ると彩雲に乗った僕僕がすぐ近くにいた。彼女が指す先に、一羽の大きな梟が佇《たたず》んでいる。

「導尤……」

「ボクが言って、村の皆の色を返してもらうように頼んで来る」

待て、と王弁は止めた。山の様子もおかしいが、このあたり一帯の異変の源は、導尤から発せられていた。穏やかに羽を休めているようで、その実は敵意、いや殺意の塊であった。

「よくここまで登ってきた」

背中を向けたまま、導尤は言う。

「今のお前たちでは無理だと思っていたが―

「導尤さん」

僕僕が彩雲から降りて数歩進んだ。

「来るでない」

ふわりと羽を上げると、僕僕は竜巻に飲まれたように吹き飛ばされた。蓬萊の頂の上では嵐気《らんき》が渦を巻いている。晴天であってもわかるほどの猛烈な風は、山から噴きだす気の嵐《あらし》である。

拠比が助けようと地を蹴ると、同時に戎宣や彩雲も飛んでいる。雲が飛ばされる小さな体を包んで受け止め、拠比がその下へ回り込む。雲の中でくるくると回っている僕僕を抱き拠比が、ゆっくりと鞍の上へと下ろした。

「ありがとう」

僕僕が目を細めて礼を言った。

「でも、こんなにたくさんで助けてくれなくてもいいのに」

その時、導尤の背後から大きな山鳴りが聞こえてきた。

「何をしようとしている」

「私は今までお前たちに、望む姿を見せてきた。次は私が、望む未来を見る番だ」

山鳴りが大きくなり、時折火の粉が頂から舞いあがるのが見える。

「天地に狂いが生じている」

拠比はゆっくりと言った。

「その狂いを止めるために、あなたの力が必要だ」

「狂いは悪くない」

重々しい声で導尤は答えた。

「平穏であった天地に狂いが生じることで新たな色を生み出すことができる」

「天地は色に満ちている。もう良いではないか」

拠比が言うと、導尤は身を震わせた。

「では色を生む神仙は全ての色が揃《そろ》ったあと、どう生きればいいのだ？」

「それは……希瞳のことか」

拠比と戎宣は顔を見合わせた。

「天地は既に色に光に満ち、闇《やみ》がそれを支えている。光の中にも闇の中にもそれぞれ色があり、あますところがない」

「良いではないか。希瞳は神仙としての役割を全うしたのだ」

「色は混じり合い、また分かれて新たな色を生み出したかに見えるが、それは互いの重なりに過ぎない」

導尤の怒りを帯びた声に応じるように、梅淵の頂は火柱を上げ始めた。

「おい、拠比……」

まずいぞ、と戎宣はいう。

天地始原の熱き滾《たぎ》りを蔵してその力を天地に広げる源に連なるのが、栴淵の頂である。

「とはいうものの、こんなに荒れているものか」

その時、僕僕が走りだした。

「危ない、行くな！」

止める拠比の手をすり抜けて僕僕は走る。その足もとには彩雲が光を放っている。きいん、と高い音を立てて飛んだ雲が、導尤にぶつかった。不意をつかれた大梟がよろめき、羽を一閃《いっせん》させる。

「希瞳さん、出てきてよ！」

僕僕は叫ぶ。両断された彩雲は再び一つとなって導尤へと急降下を始めた。

「わしらも援護するぞ！」

戎宣の蹄と拠比の剣がそこに加わった。蓬萊の頂でぶつかり合う四つの術力が、蓬萊の火柱に彩りを添える。

「そうだ。もっと打ちかかって来い」

導尤の羽根は巨大な刃だった。僕僕の平鍋はもとより、拠比の剣も戎宣の蹄もやすやすと止められてしまう。

「こんなに強かったのか……」

「わしらが弱っているだけかもしれんぞ」

戎宣の黒い体には汗が光っていた。ふと気付くと、仙骨から伝わる力が弱まっている。

「祈りに疲れたか……」

「昔花もそうらしい。だが、ここまで助けてもらったんだ。人の祈りをこれ以上あてにするのはやめておこう」

「わしはあてにしたいね。あの力なしでは動くのも難渋する」

「戎宣どのともあろう方が、いつからそんな軟弱になった」

そう言いつつ拠比の息も荒い。だが意外なことに、僕僕の動きは落ちなかった。それどころか、さらに速さを増して導尤と渡り合っている。

「どうしてあいつは疲れないんだ」

「子尼の祈りが強いのだろう」

「そうは言っても、戎宣どのは村人ほとんどの祈りを受けているのではないのか」

「祈りってのは数じゃないみたいだな」

ついに戎宣は動きを止めてしまった。

「わしはここまでだ」

がくりと膝をついた。

『もう少し持ちこたえて下さい！』

だが、文句を言うより僕僕を助けなければならない。拠比には僕僕は導尤にやみくもに突進をしているように見えた。

「僕僕、落ち着け！」

「落ち着いてなんかいられないよ。そこに希瞳さんがいるんだもん」

「どこだ！」

「だからあそこ」

と指す先には導尤しかいない。

「そうだよ拠比。キミの言う通りだ。落ち着かなきゃならない。いい厨師《ちゅうし》は常に心穏やかでなければ良い料理を作れないんだ」

僕僕は導尤に向かって、

「新しい色を作るなら、作るといいよ。捧げ物に人々の色を材料にしなきゃならないなら、そうすればいい。でも、その様をボクたちに見せて欲しいんだ」

おい、とたしなめかける拠比を戎宣が止めた。

「何か策があるようだ」

大梟が微《かす》かに肩を強張《こわば》らせるのが見て取れた。僕僕にやってみろと言われても、導尤は動かない。いや、動けないのだと拠比は気付いた。

「色を作るには、希瞳さんが出てこなければならない」

戎宣は拠比を見上げた。

「出てくるって、どこからだ」

周囲を見回したが、やはり導尤以外の気配は感じられない。

「見えないのも当然だよ」

僕僕はさっと手を上げ、指を伸ばした。

「そこにいるんだから」

導尤は動かない。

「あなたは瞳を閉じて自らの力を封じ、光と色を失ったと言っていた。もちろん、神仙だから不自由はないと言っていたけど、あなたは自らの主たる力を失っても、代わりに隠しておきたいものがあった」

拠比は唸《うな》った。

「おい、どういうことなんだ」

事が摑めない戎宣は食ってかかるように拠比に訊ねた。

「俺たちはもう、希瞳に会っていた。そして、探している力の近くにいた」

「何だって？」

導尤が羽を一度はばたかせた。だが今度は、拠比たちへの敵意に溢《あふ》れたものではなかった。

「待って」

僕僕が鋭い声を放つ。

「愚かなことを考えないで。あなたが梅淵の火口に沈もうとも、新たな色は生まれない。人の色を奪うのが無駄だってこともわかっていたはず。自らを封じるのは勝手だ。だけど、人々の色を材料にするなんて、ひどいよ」

導尤は広げた羽で顔を覆った。

「……希瞳の最期《さいご》の願いだった」

ゆっくりと羽を下ろすと、導尤の顔が現れる。だがこれまでしっかりと閉じられていた瞼《まぶた》が上げられていた。そこには全てを見通す瞳がある。そして、その眼窩《がんか》からは、柔らかな夕陽に似た光が放たれている。

「おい、拠比」

「見えています……」

だが、眼窩に収められているのは眼球ではなかった。そこには、小さな蝶が琥珀《こはく》の中に眠るように閉ざされていた。

「希瞳は全ての色を生み出したことに満足していた。その一方で、さらなる色を生みたいと願っていた。そして考え、心を悩ませ、そして自らの仙骨の力を使いきるほどに修練を積んだ末に、絶望に至った」

羽の上に琥珀の球がそっと下ろされた。

「対になっていた私には、つらいことだった」

そこに、蓬萊をはじめとする山々の異変を察知したのだという。

「これまで調和のとれていた陰陽因果の気に乱れが生じていた。蓬萊の山が原因なのか、それとも異変を感知して鳴動しているのかはわからない。だが、私にとっては千載一遇の好機に思われたのだ」

琥珀の中に入った蝶を愛《いと》おしげに見下ろす導尤は、しばし瞑目《めいもく》した。

「色、というものは光と闇と万物の調和の上に生まれるものだ。だが調和の乱れの中には新たな色の種子ができる。そして、天地の中でもっとも大きな乱れとなりうるものを私は見つけた。色の塊の元になった者たち、人だ」

もう一つの瞼を上げると、今度は泥のように濁った球が転がり落ちた。

「希瞳とこの濁った人の色、そして揺れ動き、乱れる蓬萊の力。これらを使って新たな色を生み出そうとした。そうすれば、希瞳も目覚めてくれるのだ」

背中を向け、二つの球を天に差し上げた。

「新たな色と、わが対の復活をその目で確かめるがいい」

拠比は地を蹴る。ただでさえ荒れ気味の山が気配を察知したかのように咆哮《ほうこう》を上げている。古き神仙と人の色が火口に投げ込まれることで何かが起きる。そして、それは避けるべき事態であると直感が告げていた。

だが、僕僕の横を飛び過ぎたところで目を疑った。手を合わせ、目を閉じ、羽を差し上げている導尤の背中に向かって、祈りを捧げていた。

拠比もはっと気付いた。これまで途絶えていたように思えていた祈りの力が、再び仙骨へと流れ込んでいる。戎宣を見ると、体の周囲がぼんやりと輝きを放つほどの気を放っている。

「切り落としてもらった首が生えそうだ」

妙な表現をしつつ、その力を僕僕へと向ける。拠比も同じようにする。その力が僕僕に集まる。攻撃するのか、と思っていたが、そうではなかった。

そこには、人々の暮らしが映し出されていた。神仙からすると瞬きの間のように短く、うたかたのように儚《はかな》い命が、日々どのように過ごしているのかという情景であった。

生きる苦しみの中で、日々の幸せもあった。愛する者と過ごす時の優しさがあった。

「やめろ……」

その情景に取り囲まれた導尤が呻《うめ》く。

「大切な者に戻ってきて欲しいと願う心は、あなたと変わらない」

「私は何千、何万という年月を共に過ごしてきたのだ。人のように短い時間ではない」

「あなたは何千、何万という年月を過ごさなければ、希瞳に情愛を抱かなかったのか？」

長い沈黙が流れた。山の鳴動が風を呼び、導尤の豊かな羽毛を撫《な》でていく。その羽根が震え、ゆっくりと下ろされた。

「失せ物を探す力は優しさだ。失《な》くした無念を誰よりも理解できる心があるから、あなたは誰よりも見つけ出すことができる」

導尤は羽根を収め、うなだれた。

「……わかるとも」

その瞬間、琥珀の玉がちかりと光を放った。

「希瞳が」

自らを封じたはずの古き神仙の姿に、導尤が肩を震わせている。

「新たな色を作る道筋を、作ったよ」

だがその言葉に、希瞳はゆっくりと首を振った。そして、もう一つの汚れて見える球を指さす。

「これを、美しいというのか」

そうだよ、と僕僕は声を上げる。

「人の酒が美味しいとあなたは言った。雑味があるから、人の醸す酒はうまいって。そしてこうも言った。調和の乱れから新たな色が生まれるんだって。それこそ、人の色じゃないのか」

希瞳がこくりと頷く。そして、僕僕のもとへと飛び、その指先へと止まった。

「彼らに力を貸したい……。本気なのか」

「いいよ！」

僕僕は明るい声を放った。

「新しい色、見つけに行こうよ」

その言葉に安堵したように、希瞳はまた眠りへと落ちていく。そして、暖かな光を放つ小さな蝶の羽へと姿を変えた。

「……それは『一』の欠片《かけら》だ」

拠比は驚愕《きょうがく》して僕僕の手のひらの中にある儚げな羽を見つめた。

振り向いた導尤は濁った球を僕僕へと抛《ほう》った。

「そして、これも返そう。対となった者の目覚めを見せられて、私が平気でいられようか」

僕僕が球を受け取ると、濁りは楽しげな声と共に四散し、山の麓《ふもと》へと飛んでいく。

「さあ、導尤さんも戻ろう。ボクたちと共に旅に出てくれてもいい」

だが、ゆっくりと首を振った導尤は希瞳の眠る琥珀の球を抱き、火口の上へと飛び上がった。

「何を……」

「私は間違っていた。希瞳に炎帝さまの所から盗んだ『一』の欠片を与え、世を乱す人の力と混ぜ合わせれば、いずれ新たな色を作ろうと目ざめてくれる。そう信じていたのだがな」

導尤は首を振り、火口へと降りていく。追おうとする僕僕を拠比と戎宣は慌てて止めた。

「ただ、私の力だけはいつまでも希瞳の傍に置いてくれ」

頼む、という言葉と共に、黒い梟の羽が一枚、希瞳の遺《のこ》した羽に寄り添うように舞い込んできた。

「僕僕、これ以上は無理だ。人々の色が戻って祈りの力が一気になくなっている。願いがかなえば祈りも終わる」

僕僕は二枚の羽を抱えて膝をつきながら、それでも火口へ這《は》って行こうとする。拠比はそれを肩に担ぎ上げ、ついでに戎宣も抱えた。

「どうしてお前は平気なんだ」

戎宣が不思議そうに言う。

「さあな。ともかく、帰るぞ！」

拠比は氷の翼を大きく広げると、一気に山を下った。

終章

たどたどしい手つきで術式を地面に描く僕僕を、拠比は内心ひやひやしながら見ていた。拠比たちだけではない。色を取り戻した梅淵山麓《せんえんさんろく》の村人たちも、昔花や子尼《しに》も皆拳《こぶし》を握りしめて僕僕を見つめている。

「それで本当にうまくいくのか」

「心配いらないって」

くちびるをぺろりと舐《な》めた僕僕は、出来上がった術式図を見下ろして満足そうである。炎帝鏡へ導尤の力を吹き込むための術式を描く。うっすらと青い光を放っている所を見ると、うまくいっているようだ。

「どうして僕僕がやるんだ」

拠比はてっきり、術式を書くのは自分だと思っていた。この旅を率いていたのは俺だ、という自負もあった。だが、導尤が全《すべ》ての失《う》せ物を見いだす瞳《ひとみ》の力を託したのは、僕僕だった。

「導尤さんと希瞳さんから形見を受け取ったのはボクだから」

そう言われれば拠比も従うしかない。

「よし、できた」

額の汗をぬぐい、僕僕は一息つく。

天地を現す太極円の中に、万物それぞれの力を表した「象」という紋様を置いていく。

そこに神仙自らの念が加わると、術が発動する。

「一つだけでいいのか」

僕僕が円の乾《いぬい》の方向に描いたのは、大きな梟《ふくろう》の「象」であった。通常なら天地を構成する地、火、水、風、空の五大力の象を描いて術の助けとするが、僕僕はそうはしなかった。

僕僕は胸に抱いた導尤の羽を術式の中央の炎帝鏡の前に、そっと置いた。

「大丈夫でしょうか」

拠比は不安を戎宣に訴えた。

「対になってる相手がそれほど頼りないかね」

からかうような口調で戎宣は応じた。

「この一件、お前よりあの子の方が随分と役に立ったぞ」

「まあ、それも俺が注意深く見ていたからです」

戎宣は肩を震わせて笑った。

「炎帝の氷剣と呼ばれたお前が負け惜しみを言うとはな」

「ま、負け惜しみではありません。事実ですよ」

「それでいいんだよ」

戎宣は術式から出て、瞑目《めいもく》した僕僕を見つつ静かに言った。

「神仙は三聖に与えられた時点で本来は完成した存在、言うなれば円のようにまったきものだ。そのままでいても、永遠の命が保証されている。だが、修練によって自ら円を壊し、他の神仙と対になることで二つの円をぶつけ合い、重ね合ってさらに大きくなろうとする。それは我らが古《いにしえ》より繰り返してきたこと。力を失った今はそう思えないかもしれないが、お前たちはこれまでとは違う神仙の形を示すのかもな」

そうかな、と拋比はやはり半信半疑である。瞑目した僕僕からはほとばしる術力は伝わってこない。炎帝鏡も導尤の羽も何の変化も見せない。

やはり力を貸そう、と思っている拋比の横に昔花が立った。

「僕僕の術、うまくいくといいですね」

そう言って手を合わせた。

「どうしてお前が祈るのだ？　あの鏡のことは、昔花とは関わりがないだろう」

「そうかもしれません」

昔花は優しい笑みを浮かべた。

「でも、人に自分の願いでなくても祈るのです。友や家族や、大切な人のために時をかけ、心を割くのです」

振り向くと、村の人たちもある者は手を合わせ、跪《ひざまず》き、祈っていた。拠比は一つ身震いをした。仙骨のそばを、熱風が吹き抜けていくような、あの感覚だ。

「あのお姉ちゃん、おいしいお菓子をくれたからね」

かつて道を塞《ふさ》いでいた子供たちが子尼の手を引いて昔花の隣に立った。

「それに、村の人たちの色を取り戻してくれた恩人でもあります。その方の願いがかなうよう祈るのは、私たちにとって自然なこと」

子尼もまた、祈り始める。僕僕の眉《まゆ》がぴくりと動いた。額には汗がにじんでいる。

「おお、あれを見よ」

戎宣が蹄《ひづめ》を踏みかえた。静かだった術式が雷光を放ち始める。ぱちぱちとまばゆく爆《は》ぜる雷光は最初は小さく、そして徐々に大きくなり始めた。

「鏡が……」

雷光の束が鏡と羽を抱きしめるように巻きつく。僕僕が両手を天に差し上げると、光の束は一層太く、激しく鏡に降り注いだ。

どん、と地響きが一つして、突風が四方へと飛ぶ。戎宣は昔花と子尼たちを素早く庇《かば》い、拠比は水の壁を村人たちの前に出して守った。

もうもうと立ち登る土煙りの向こうから、僕僕が歩み出てきた。

「できたよ！」

笑顔で差し出された鏡には、以前のように無数の光がともっているというわけではない。だが一つでもなかった。

「一、二……九つか」

戎宣が蹄を上げて数えた。天地を表す円の中に、強い光が九つある。

「天地が生まれた際に砕けたということか」

「それぞれの地域に一つだな。手間がかかりそうだが、一つ目の『一』の欠片も無事手に入ったし、残りを見つけるための鏡も完成した。それにしても僕僕、よく頑張った……」

言い終わらないうちに、僕僕はくたりと倒れ込む。慌てて拠比が抱きとめ、炎帝鏡を拾い上げようとした時、地面にぽっかりと穴が開いた。

あっ、と声を上げる間もなく鏡は穴に吸い込まれ、穴の奥から三つの笑い声が響いてくる。黄帝の配下である三人の神仙であることに気付いた時には、穴は閉じていた。そして微《かす》かに、声が聞こえる。

「これが『幻の食材』を探す道具だな。いただくぞ。そして喜べ。黄帝さまと西王母さまが『対』となられた。これで天地も安泰だ……！」

あまりのことに拋比は絶句した。聞き間違いかと反問しようにも、穴は既に閉じている。

「追うぞ！」

と立ち上がりかけた拋比の袖《そで》を僕僕が摑《つか》む。

「そんなことよりボク、お腹《なか》が空《す》いたよ」

「しかし……」

「全《すべ》てはご飯の後さ」

香ばしい匂《にお》いに気付いて振り向くと、それまで僕僕の術が成就《じょうじゅ》するよう祈っていた人々が火を熾《おこ》し、肉を焼く準備を始めている。拋比の腹が大きな音を立てて鳴り、言葉よりも雄弁に僕僕に賛意を表していた。

本書は新潮文庫のために書き下ろされた。

デザイン　川谷康久（川谷デザイン）

僕《ぼく》僕《ぼく》先《せん》生《せい》　零《ぜろ》

新潮文庫　に－22－31

平成二十七年一月一日発行

著者　仁《に》木《き》英《ひで》之《ゆき》

発行者　佐藤隆信

発行所　株式会社新潮社

郵便番号　一六二—八七一一
東京都新宿区矢来町七一
電話　編集部(〇三)三二六六—五四四〇
　　　読者係(〇三)三二六六—五一一一
http://www.shinchosha.co.jp

価格はカバーに表示してあります。

乱丁・落丁本は、ご面倒ですが小社読者係宛ご送付ください。送料小社負担にてお取替えいたします。

印刷・錦明印刷株式会社　製本・錦明印刷株式会社

ISBN978-4-10-180021-9　C0193